CW01401840

Gabbin

Aurélien Loncke

Gabbin

Neuf
l'école des loisirs
11, rue de Sèvres, Paris 6e

Du même auteur à *l'école des loisirs*

Collection NEUF

L'histoire d'un épouvantail débutant
La bande à Grimme (tome 1)
La bande à Grimme et les magiciens du monde (tome 2)
La bande à Grimme et la sorcière du Palais-Bonbon (tome 3)

Collection MÉDIUM

À la rencontre des cygnes
Mon violon argenté
Une saison parfaite pour changer
Le tropique du kangourou

© 2015, l'école des loisirs, Paris
Loi n° 49.956 du 16 juillet 1949 sur les publications
destinées à la jeunesse : septembre 2015
Dépôt légal : septembre 2015
Imprimé en France par CPI Firmin Didot
à Mesnil-sur-l'Estrée (130008)

ISBN 978-2-211-22580-9

« *Max fit une bêtise, et puis une autre…*
et puis une autre… »
Maurice Sendak

Aux rares enfants peu pressés de grandir

1

LE OUISTITI DES TOITS

C'était l'un des premiers jours de l'année, il était tard. La lune, un gros fromage cloué bas dans le ciel, regardait Gabbin trottiner sur les toits blancs de givre, blancs de neige. Là-haut, à la belle étoile, ce jeune cambrioleur allait d'une lucarne à l'autre, espérant faire une bonne cueillette. Mais, à voir ses yeux de farfadet triste, sa bouche pincée, ses poches gonflées d'air, on comprenait que sa récolte se résumait ce soir encore à… rien.

C'est pourtant connu : zéro millionnaire sous les combles ! Mais des femmes de ménage, des serveurs à mi-temps, des vendeurs à la sauvette, bref, toute une population à peine plus fortunée que lui.

Ce « à peine » lui suffisait d'habitude. Minuscules économies dissimulées dans des boîtes à chaussures, objets de peu de valeur, quelques conserves, du pain : zou ! tout cela était mangé par sa besace les soirs de bonne pêche. Hélas, les boîtes à chaussures étaient de plus en plus souvent vides, le pain rassis, les conserves absentes, et les petits objets de valeur jouaient à cache-cache. Écumer les derniers étages ne rapportait plus autant. Au mieux, Gabbin glanait un butin assez mince pour être oublié au fond d'une poche, au pire la poche était trouée et la récolte perdue dans la nuit.

Et puis… si peu de fenêtres étaient accueillantes. Entre celles qui se cachaient frileusement derrière des volets aussi solides que les portes blindées d'une banque, celles qui s'ouvraient, oui, mais sur un molosse en mal d'exercice, et celles qui n'avaient rien à offrir, Gabbin n'avait que l'embarras du choix !

— Inutile d'insister, gronda-t-il, déçu par le misérable bénéfice de cette soirée, par la quantité de volets verrouillés deux fois plutôt qu'une, par sa chance si mince qu'elle rentrerait à l'aise dans le chas d'une aiguille.

Il partit. Si quelqu'un, dans la rue, avait levé les yeux, il l'aurait vu tomber comme d'un nuage, et atterrir sur une colline de tuiles.

Alternant bonds de chamois et sauts de criquet, il passa de toit polaire en toit polaire. Il escalada quinze rangées de tuiles congelées avec l'aisance du ramoneur qu'il n'était pas. Il patina le long d'une pente en zinc, pirouetta sur une mansarde, sauta de corniche en corniche, fit fuir deux diamants : les yeux d'un chat. Bras tendus sur les côtés, cette espèce d'écureuil trotta sur des faîtières pas plus larges qu'un biscuit, où un funambule amateur se serait rompu dix fois les os. De là, il fouilla du regard la ville somnolente.

À gauche, les sombres entrepôts Fabert, le square Fauche et la cité Petit-Oscar. Soyons lucide, là-bas, pas plus de pièces de vingt que de rubis en grappe dans le caniveau.

À droite la résidence Saint-Hippolyte, la rue Belle-Bohème et le faubourg Berna, avec ses réverbères à deux branches, ses kiosques au chapeau pointu, ses trottoirs larges comme quatre et ses magasins pour gros portefeuilles.

Son choix fut vite fait. Il sourit aux étoiles.

Bonnet brun enfoncé sur les oreilles, il pivota sur lui-même et quitta avec entrain cette minable rue du Vieux-Pont.

Léger comme une traînée de poussière, il s'aventura sur la tête des immeubles voisins, allant tout en souplesse de flaques d'ombre en taches de lune, d'angles aigus en angles droits, de lucarnes en cheminées.

Ah ! ces cheminées… Rectilignes, tordues, terminées ou non par une mitre en fer pointue, la plupart suffisamment larges pour le Père Noël et certaines juste assez pour ses lutins. Il y en avait partout, des avenues entières, et toutes effleuraient les étoiles du bout de leur fumée.

Gabbin slaloma entre elles sans reprendre haleine. En quinze pas chassés, hop hop hop, il se retrouva autant de bâtisses plus loin, au milieu du beau quartier Neuf-Or, celui des princes et des marquis, des restaurants cinq étoiles, des théâtres, de l'Opéra. Par curiosité, il se pencha prudem-

ment vers le spectacle de la rue. Une foule clair-
semée ici, groupée là, gantée et chapeautée, ani-
mait ce riche bout de ville. Partout ailleurs on
dormait à poings fermés, y compris le marchand
de sable, sa tournée finie depuis longtemps, mais
pas ici. Pas encore. Les uns sortaient après la dernière séance de cinéma, les autres rentraient chez
eux une fois le dessert avalé, le café bu, le cigare
fumé, satisfaits de bientôt retrouver le confort
d'un appartement grand luxe.

Des ombres chinoises passaient et repassaient
dans les lumières mandarine des nobles immeubles, entre de précieux mobiliers et sous de larges
lustres. Qui dit lustre dit jolies babioles… L'endroit était prometteur. Gabbin repéra, au n° 24,
un pied de lampe en bronze. Au n° 26, un stra-
divarius attira son attention. Au n° 32, que de
belles flûtes en cristal ! Le cœur battant, il
retrouva sourire et entrain.

Presque sans élan, il jaillit dans les airs,
comme lancé d'une fronde, vers le toit du bâtiment voisin. Il s'y reçut tel un chat, en silence,
mais du petit bout de sa semelle usée, plus lisse

qu'un pavé sous l'averse. Et ses yeux s'arrondirent d'épouvante quand le vilain vent de janvier feula dans ses oreilles avant d'éternuer sur son ventre, pile au plus mauvais moment, celui où Gabbin cherchait l'équilibre sur l'arête d'une tuile.

Brutalement poussé en arrière, à un cheveu du saut de la mort, il maudit le ciel de lui jouer un tour pareil, juste bon « pour une authentique crapule, une racaille dès le berceau, un incorrigible bandit, pas pour moi ! », avant d'en appeler au miracle. Mais du ciel susceptible rien ne vint, sinon une autre pichenette du vent et un peloton de nuages qui mangèrent goulûment la lune froide et les quelques rayons qu'elle bavait. La nuit devint plus sombre qu'une cape de magicien.

Dans cette obscurité pesante, il se chamailla un instant avec ce truc dangereux, l'apesanteur. C'était mal parti. Au bord du précipice, une violente suée mouilla et son front et son dos et ses paumes. Surtout ses paumes, un comble pour un alpiniste des villes.

Sous l'œil intrigué d'un corbeau insomniaque dont la fente du bec dessinait un sourire moqueur, il mit toutes ses forces de gosse malnutri dans ses jambes. Il se tortilla très vite, très fort, de tout son maigre corps, pire qu'un chien dévoré de puces. Et il jura – parfois ça aide. Lorsqu'un collier de glaçons se décrocha de la gouttière en cuivre, piqua du nez comme autant d'obus et bombarda le trottoir quinze mètres plus bas, il pesta encore et redoubla d'efforts : à la fin du plongeon, les glaçons s'éparpillèrent en gerbes de cristal sous une rafale de jurons.

– Oh là là ! fit-il ensuite en reniflant dans les froids tourbillons. Pas le moment d'avoir du jus de navet dans les veines. Courage ! Du nerf !

Pendant des secondes plus longues que des minutes, il étrangla désespérément le vide, empoigna des touffes d'air glacé, pinça le mirage d'une corde. Personne n'aurait misé un sou sur lui, pourtant il réussit ce miracle : se redresser sur la pointe des orteils. Puis celui de se balancer droit devant pour se raccrocher à un piton providentiel.

Alors une cloche, au loin, sonna cette victoire ; et le corbeau déçu s'envola vers la tranquillité.

Sain et sauf, Gabbin renoua son morceau d'écharpe et, d'un bond magnifique à travers le flou des flocons, s'éloigna en toute hâte. On ne le surnommait pas « le Ouistiti des toits » pour rien, et ce oustiti-là fila bon train dans l'espoir de semer le vent taquin.

Une minute de voltige plus tard, il repéra, sous une étoile aussi grosse qu'une lanterne, une fenêtre isolée, ni trop vaste ni trop étroite, aussi noire que l'orbite d'un crâne, et dont le volet mal fermé se trémoussait sur ses gonds avec des cliquetis d'épées. Il s'en approcha à pas de renard (pour la discrétion) et de tortue (pour la prudence).

De l'ongle, il gratta dans la croûte de gel sur la vitre un trou de la taille d'un bouton de gilet, suffisant pour y coller un œil.

— Pas de chien ! s'égaya-t-il à la première inspection.

Il les détestait depuis qu'un vilain bouledogue avec des pieux pour canines avait digéré un large pan de son pantalon (égratignant au passage sa fesse gauche du bout du croc). Couturier à ses heures, Gabbin l'avait reprisé depuis avec un carré d'étoffe arraché au fauteuil d'un palace situé à cinquante pas d'ici.

— … Ni d'enfants.

Et donc, au travail !

2

UNE BOÎTE EN FER,
DES CHANDELIERS, UN MORT

D'une poche de sa besace, il sortit un canif rouillé encore capable de vaincre un vieux loquet ; une bobine de fil de fer fin, facile à sculpter, idéale pour crocheter une serrure ; un gourdin de la taille d'une demi-baguette, pour assommer au cas où.

Même engourdis par quinze jours de gel, ses doigts de maraudeur firent des merveilles. Canif, fil de fer, canif, fil de fer, coup d'épaule contre la vitre… La fenêtre ne résista pas longtemps. En un clic et deux clacs, elle s'ouvrit à l'hiver.

Un jour, à l'orphelinat, il s'était vanté de pouvoir forcer n'importe quoi avec ses pieds.

— Que de la parlote ! avait rétorqué Boiffard, un grand, un jaloux, avant de le défier : ou t'ouvres la porte des dortoirs, ou je te rosse.

Ni une ni deux, Gabbin s'était attaqué — avec succès — à la serrure rien qu'avec un bout de ressort de son lit coincé entre les orteils. Belle réussite… Mais il n'aimait guère y penser : passant par là, le gardien l'avait sévèrement corrigé après cet exploit.

En cette nuit glaciale où une bourrasque chassait l'autre, Gabbin se glissa avec délice à l'intérieur d'un petit logement tiédasse. Petit car limité à une unique pièce servant à la fois de chambre, de cuisine et de salle à manger ; tiédasse à cause du vent qui glissait comme des gouttes d'eau entre les tuiles. Lui qui espérait fouiller l'appartement du roi de Perse…

« Au moins, la visite de ce cagibi ne volera pas beaucoup de mon temps », se dit-il entre la table sans plats et le portemanteau sans manteaux.

Dehors, l'air avait un goût de menthe et de

fleurs fraîches des Alpes ; dedans, l'appartement sentait le chou farci et la chicorée.

En digne cambrioleur, Gabbin vida en trois lampées le fond d'une bouteille de lait. Il fourragea dans une coupelle pleine de bijoux aussi faux qu'un œil de verre. Il feuilleta plusieurs livres sans billets de banque entre les pages puis retourna un modeste tableau sans le traditionnel coffre-fort caché derrière.

En furetant mieux, il repéra une boîte en fer-blanc suspecte, posée sur une étagère, au milieu des conserves. L'odeur d'un magot picota aussitôt ses narines entraînées, des outils d'incroyable précision. Il l'agita et, jolie surprise, un délicieux bruit de tiroir-caisse chatouilla son oreille. Ce tintement, ce joyeux *gling-gling*… Précisément le genre de musique capable de redonner le sourire à un crève-la-faim.

– Ni des clous ni des épingles ! clama-t-il avec une lueur d'allumette dans chaque œil. Je dirais : quatre pièces de dix, une de cinq et… et deux de vingt ! On parie, mon p'tit vieux ?

Le couvercle sauta, la monnaie tomba dans le

creux de sa main. Il la compta et la recompta avec un sérieux de ministre, et remporta le pari lancé contre lui-même : quatre pièces de dix, une de cinq et deux de vingt.

— C'est Noël après Noël ! frétilla-t-il, la bouche trop petite pour dessiner le sourire que méritait la situation.

Cette bonne pêche compensait tous les jours sans. Par exemple ce fameux soir où le propriétaire des lieux était rentré trop tôt.

— Voyons, voyons... Mais enfin qui êtes-vous, jeune homme ? Que faites-vous chez moi ?

— Je... euh... Pour résumer, je suis, disons, un cambrioleur de haute voltige dont vous interrompez le travail.

Le monsieur s'était caressé le menton, signe chez lui d'une grande contrariété, et avait dit avec hauteur :

— Je vois. Dans ce cas, comprenez que je doive libérer mes chiens.

Ceux qui l'entouraient comme une garde rapprochée, frétillants, heureux de se retrouver truffe à nez avec leur repas.

Le premier était aussi gros et hargneux qu'un sanglier. Le second avait du loup la taille et les crocs. Deux monstres nés pour tuer.

D'un sec claquement de doigts, leur maître les avait autorisés à mettre cet intrus en charpie, si jeune soit-il, tant pis pour lui.

— C'est regrettable, certes, mais enfin, bon, vous volez les honnêtes gens, j'imagine que vous les violentez aussi. Et moi, je pense que tout crime mérite châtiment, n'est-ce pas ?

Les molosses étaient bien d'accord. Leurs griffes labouraient déjà le parquet, l'écume aux babines, ravis de se jeter sur cet énorme os.

Sauf qu'un os n'est pas censé sauter d'une chaise à une table, puis d'une table à la fenêtre laissée prudemment ouverte. Non, un os n'est pas censé ricocher sur les toits en riant. Le chien à gueule de loup avait hurlé à la mort en voyant s'envoler son souper, et Gabbin avait hurlé de joie de s'en tirer à si bon compte.

Ce qui, ce soir-là, lui souffla l'idée de filer avant le retour du locataire, qu'il imaginait la mine sévère, avec des poings durs et du feu dans les yeux.

— Pourvu qu'on se retrouve un jour… gazouilla-t-il en raccompagnant la boîte vide à sa place, première étagère, derrière les conserves.

Il jeta les pièces dans la poche vorace de son manteau (d'où elles ne ressortiraient qu'en échange d'une épaisse tartine de miel, d'une saucisse brûlante ou d'un chocolat crémeux) et mit les voiles pour retenter sa chance ailleurs, par exemple là-bas, juste sous la Grande Ourse, où s'élevait un large dôme de métal et de verre. Cette grosse bosse sur le toit ne l'intéressait pas, en vérité (malgré sa jolie lumière, une fontaine de miel), mais la lucarne faîtière tout à côté, si. Gabbin se frotta les mains, et pas seulement pour les réchauffer.

— Si je suis en veine dans ce quartier des barons, je peux éventuellement tripler ma richesse !

Voire davantage. Mais cela, il n'osait l'espérer.

Sans décocher un seul regard au dôme, il s'accroupit donc face à l'attrayante lucarne, canif dans une main, fil de fer dans l'autre, gourdin sous le bras. Il allait se mettre au travail quand il assista du début à la fin à une scène tragique qui, primo, le pétrifia et, secundo, anéantit d'un coup tous ses espoirs de fortune. Dommage, vu que le salon juste en dessous sentait bon le luxe et la belle vie.

Les fauteuils en velours framboise, les tableaux signés, le billard à quatre pattes sur son tapis d'Orient, le lustre taillé dans un diamant et la console en acajou, jolis, mais impossibles à emporter. En revanche, les chandeliers à trois branches, la tabatière en nacre, la porcelaine fine, la clochette en argent, le stylo plume du même métal et la timbale dorée, là, sur l'appui de cheminée, toutes ces charmantes choses entreraient aisément dans le gouffre de sa besace.

– Sensationnel ! De quoi assurer ma ration de pain pendant dix mois.

Et dix mois, à son âge, c'est l'éternité.

Gabbin allait se mettre au travail, donc, mais s'arrêta net car le lustre s'alluma. D'un coup ! De tous ses mille feux ! Le soleil des grandes vacances ne brille pas autant.

Une magnifique dame en robe du soir et collier de perles apparut dans la lumière. Elle ressemblait à une poupée de porcelaine, et Gabbin en tomba à moitié amoureux. Ses yeux de biche, deux amandes noisette, mangeaient un tiers de son visage de princesse de conte. Des pendants d'oreilles cascadaient jusqu'à ses épaules nues. Un petit bout d'or rayonnait sur sa main gauche.

Elle s'installa dans un fauteuil, au centre de la pièce, près d'un homme mis comme un marquis. Il portait la tête haute, avait une barbichette en pinceau, une moustache en « M » et un costume de bonne facture sur un ventre rebondi.

Au début ils parlèrent avec passion, riant, criant, accompagnant leurs paroles de larges mouvements de bras. Une scène de ménage, conclut Gabbin. Jusque-là, rien de vraiment anormal : certains couples se chamailleraient même dans un bateau qui coule. Mais soudain, coup de théâtre, une méchante réplique empoisonna la discussion, qui vira à la violente dispute. Après avoir serré les poings et les dents, l'homme, dans un moment de folie, tira un revolver de son pardessus chocolat, visa et, *PAN PAN*, deux éclairs blancs touchèrent la femme, qui tomba en arrière, aussi raide qu'une souche de bois mort. Et plus pâle que Gabbin ne l'avait jamais été.

Un meurtre! En direct! Il n'avait certes pas prévu le coup.

Et cette histoire ne faisait que commencer car, au lieu de fuir, l'assassin leva gravement les yeux au ciel, donc vers la lucarne, donc vers Gabbin soudain auréolé de lune, le rideau de nuages s'étant déchiré à l'instant.

Surpris, l'homme cligna des paupières dans sa direction. Ce furent deux miettes de braise qui clamèrent : «Toi, sale petit fouineur, je promets devant le dieu des tueurs que tu regretteras d'avoir assisté à ce spectacle. »

Incapable d'enchaîner sauts de kangourou et bonds de cabri sur les toitures, d'imiter le guépard en fuite, l'autruche ou la gazelle, Gabbin, apeuré, s'emmêla les pinceaux, perdit l'équilibre et glissa comme une savonnette, lui qui d'habitude ne glisse jamais.

Allongé sur le dos, les pieds en avant, les pensées sens dessus dessous et quelques jurons de désespoir à la bouche, Gabbin dévala à toute allure une avenue d'ardoises plus lisses qu'un ventre de sardine. Une brique sur un toboggan ! Ses ongles, de piètres freins, furent limés à ras par deux mètres de croûte de glace. Ses bras aussi fins que des tuyaux d'arrosage remuèrent en haut pour des prunes, ses jambes, en bas pour du beurre.

À cette vitesse, dans ce désert de tuiles, à quoi se raccrocher ? À rien. Il n'y avait ni bout de chevron ni morceau de pignon, juste une piste de ski sous les fesses avec, au bout, la promesse d'un saut sans parachute. À moins d'un miracle, sa dépouille s'étalerait dans un battement de cils cinq étages plus bas.

À propos de cils, il ferma les yeux pour ne pas se voir éparpillé aux quatre coins de la rue Belle-Bohème, au milieu des restaurants, des cafés, des fiacres et des badauds lorsque…

… la bandoulière de son sac s'enroula autour d'une opportune tige en métal. L'arrêt fut brutal, Gabbin sentit ses os craquer comme ces petits coquillages que l'on écrase du pied, sur la plage.

À moitié dans le vide, il ouvrit une paupière puis une autre et constata, essoufflé mais ravi :

— Pas encore pour cette nuit, mon écrabouillement.

3

L'AMI BIRVOUL

Certaines vies ne tiennent qu'à un fil ; celle de Gabbin s'agrippait à une bandoulière.

Avec des gesticulations de ver de terre, il se hissa à la force des bras jusqu'à un solide tapis de tuiles. Là, un peu en sécurité, mais guère, il soupira : c'était la fatigue qui parlait. Et le soulagement. Et la satisfaction de ne pas finir en bouillie de Gabbin.

La neige tombait maintenant en flèches d'argent sur la ville muette. Tout était calme, mais la perspective que l'assassin le rejoigne et le frappe lui donna des ailes.

Et le frappe...

Comme une aiguille, le souvenir de ses parents lui griffa l'âme. À la maison, l'éducation dispensée par une teigne grincheuse mariée à un boxeur se résumait à des reproches d'un côté, à des coups de ceinturon de l'autre. Là-dessus, des humiliations, des insultes, des injustices. « Marre ! » avait-il pleuré un jour où le ceinturon particulièrement mauvais avait mordu quinze fois son dos, qui pleurait lui aussi, mais des larmes rouges. Alors, un matin de printemps, le vent d'ouest l'avait emporté loin de chez lui, à travers champs et forêts, par les chemins et par les ponts, sous un ciel limpide, pour le déposer quelque part dans la vaste ville, un tout autre monde. Le ventre vide et le cœur léger, il commençait ainsi une nouvelle vie, mais il la commençait mal Dès le lendemain, il avait fait un passage éclair au poste de police après le vol d'un fruit à l'étalage, suivi d'un autre, plus long, à l'orphelinat. Mais pas beaucoup plus long. Le vent d'ouest était revenu le chercher en lui murmurant cette fois à l'oreille d'être plus discret dorénavant, et plus malin.

« Filons ! Je me reposerai plus tard », se dit Gabbin ce soir-là, avec le même sentiment d'urgence qu'autrefois.

D'un bond de comète il quitta cet immeuble maudit pour se retrouver une vingtaine de cabrioles plus tard sur les toits du quartier Carillon, son quartier.

En bas, l'échoppe fumante du père Prébleu lui souhaita à sa manière la bienvenue, la boutique illuminée de madame Merline aussi, la confiserie *Odiard et Gourmandises* également. L'odeur familière de leurs bretzels, pains d'épices, pommes au miel et autres saucisses chaudes remonta d'un seul souffle jusqu'à lui. Et quelle odeur ! Douce ! Réconfortante ! Si quelque chose ressemble à l'haleine d'un ange, c'est bien ce parfum de fruits, bonbons et gâteaux mêlés. Mais ce soir-là, harassé, Gabbin n'avait plus faim, plus envie de rien, juste de rentrer chez lui.

Chez lui, c'était un placard abandonné situé au 26, rue Coulisse, sous les combles et les nuages, mais qu'il avait si bien calfeutré avec des chiffons et du papier journal que le vent d'hiver s'y cassait le nez. Il y accédait par la lucarne, jamais par la porte, à cause de la concierge, une vieille chouette hirsute allergique à la poussière, aux rats, aux vagabonds. Son balai de sorcière repoussant ces trois fléaux avec la même efficacité, il l'évitait comme la gale, et elle ne montait jamais chez lui. Mais au cas où, prise d'un doute, elle viendrait fouiner par là, il avait caché son trésor sous quatre lattes du plancher : ainsi, aucune preuve de sa présence.

Pas de lingots dans ce trésor-ci, évidemment. Pas de ces pierres précieuses qui vous illuminent une nuit et rendent les hommes fous, non ! Mais un carré de soie rouge, une cafetière chipée dix jours plus tôt avec sa provision de sucre et de café, deux tasses avec leur cuillère, un bougeoir avec son trognon de bougie, une boîte d'allumettes, une large brique, un coussin moelleux, un plaid dodu assorti à un drap de flanelle veloutée. Un harmonica en métal poli, pièce maîtresse de ce magot, dormait enveloppé dans un chiffon gris. Gabbin en tirait parfois un air enlevé, toujours le même, car il n'en connaissait pas d'autre et que celui-ci parlait de bonheur.

Il y rangeait aussi ses trophées de chasse, c'est-à-dire des objets sans valeur particulière rapinés ici et là. Des souvenirs, rien que des souvenirs. Sa dernière trouvaille, un petit carnet vert, écorné, rempli de notes sans queue ni tête, l'intriguait beaucoup, et il en lisait souvent quelques lignes avant de s'endormir.

rideau bleu argenté, ambiance nuit chez les fées

trois coups d'épée dans les nuages et tout est fini et commence une musique d'ailleurs

demander au ch.déc. d'aiguiser une lame plus longue, de la tremper dans des bains de poudre. Faut des étincelles colorées. Faut que ça jaillisse jusque sous les étoiles

comment faire virevolter l'ombre ?

au sol, peindre une rose des vents fantaisiste

j'aime l'idée d'une lumière mauve piquetée de rose

C.C. en tue un pour l'exemple. Le couteau crache un nuage-tête de mort.

Ce soir-là, encouragé par un bâillement d'ours, il renonça à décrypter ce charabia. D'une main déjà endormie il habilla la brique du carré de soie : une table de chevet lui apparut. Il étala le plaid au sol, posa dessus le coussin et le drap épais. Il alluma la bougie dont l'amande scintillante éclaira le minuscule logis. Épuisé, il s'allongea sur la couverture, les doigts tendus vers la flamme dansante, et s'endormit.

Pour se réveiller aussitôt. Quelque chose, peut-être un chat, peut-être l'assassin, grattait à sa porte. Vu qu'aucun chat ne traînait habituellement dans l'immeuble…

Dehors, un chien hurla comme un loup. Un corbeau croassa, une chouette hulula. Souffle après souffle, le ciel attisait une tempête. Tout cela mis ensemble, un grand malheur semblait se préparer, alors le cœur de Gabbin bondit une fois dans sa poitrine de chevreau, puis encore une fois.

Frappées par le vent, les tuiles claquaient des dents. Gabbin aussi, tandis qu'il étudiait la porte avec des yeux bouffis.

«Si ce n'est pas un miauleur, alors c'est l'assassin! Ça ne peut être que lui! Comment que ce brigand m'aurait déjà retrouvé?»

Sur ses gardes, sur les nerfs, il tendit l'oreille. Trois rapides coups d'ongle, pause, puis deux autres, pause, et de nouveau trois rapides : le code de Birvoul. Rien à craindre. Gabbin souffla.

Son seul ami au monde, Birvoul, habitait avec ses modestes parents dans un modeste appartement, l'étage au-dessous. Gabbin l'aimait beaucoup car, bon camarade, il ne s'invitait jamais les mains vides. Une tranche de pain, une demi-pomme, des gâteaux secs... Quand on vient d'une famille sans un sou de trop, qui ne gâchait jamais rien, pas même une épluchure de courge, ces offrandes étaient d'une valeur plus grande qu'une corbeille de diamants.

Le grattement reprit, insistant.

— J'arrive.

D'une démarche ralentie par des yeux qui piquent, par des bâillements et des jambes molles, mortes d'épuisement, Gabbin récupéra une clé dissimulée dans une minuscule fente au pied d'un mur. Débarrassée de son écharpe en toile d'araignée, la clé passa du trou de souris au trou de la serrure. Trois tours grinçants plus tard, la porte bâilla devant un garçon à l'allure de lit froissé.

Apparemment, Birvoul traversait l'hiver dans des vêtements volés à un épouvantail. Saucissonné dans un pantalon trop court, une veste étroite et plusieurs vieux gilets boutonnés de travers, mais sous lesquels se cachait un cœur généreux, il avait des yeux de fille, doux et chauds, deux joues rondes comme des nectarines et un sourire resplendissant, à croire qu'il croquait chaque matin un bout de soleil plutôt qu'une orange.

Par crainte de la grippe (chez lui, on ne pouvait s'offrir ni le médecin ni ses remèdes), il ne découvrait jamais sa gorge, et tant pis si la mauvaise laine de son cache-nez multicolore le grattait horriblement. Un affreux béret verdâtre aplatissait ses mèches follettes. Le cuir de ses bottines sonnait faux, son ventre sonnait creux. Malgré cela, une tête de bon garçon heureux jaillissait de ses épaules pointues. Ce n'était en vérité pas une porte entre eux, mais un miroir : quelque chose d'un peu jumeau les confondait, ces deux-là. Mêmes cheveux coiffés par un ouragan, même allure de puzzle mal refait. Même gabarit. L'un l'autre, ils s'étaient vite apprivoisés.

— Salut, Ouistiti… murmura Birvoul, complice. Je t'ai entendu rentrer. Bonne pêche ?

— Avec des hauts et beaucoup de bas, reconnut Gabbin. J'ai failli opérer une chute vertigineuse, ce soir.

— Comme la température.

— M'en parle pas, camarade ! Rien que de penser à ce résidu de froid polaire, mon cerveau gèle et mon moral fond.

— Alors prends ça pour te requinquer ! chantonna Birvoul, le cœur à la fête.

Dans sa main tendue, mieux qu'un lingot d'or : une barre de chocolat Wholf. Dans l'estomac de Gabbin, un gargouillis sonore.

— Les chocolats Wholf sont les meilleurs, les plus chers, bredouilla-t-il, ému, confus, les pommettes plus roses que celles d'une demoiselle de bonne famille. Cette fois, non, c'est trop, impossible d'accepter.

Et pourtant, qu'elle était appétissante, cette merveille au cacao ! Son nappage épais, son cœur fondant, ses pépites de la taille de noix de cajou, géantes ! Gabbin la contempla avec autant de fièvre que ces prisonniers du désert qui mangent du regard le mirage d'une oasis.

— Prends, je te dis ! insista Birvoul d'un air satisfait — malicieux presque, surtout quand il ajouta : Je l'ai pas achetée.

À cette annonce tellement surprenante, Gabbin se redressa, les yeux soudain plus gros que les pièces dans sa poche.

— Te voilà devenu voleur, collègue ?

Birvoul fit joyeusement non de la tête.

— J'ai reçu deux barres en échange d'un petit travail chez *Odiard et Gourmandises*.

— T'es confiseur, à présent ?

— Je balaie, répondit le balayeur en sortant la seconde friandise de sa poche, une Wholf Méga Croquante à la cacahuète. À cause d'un lumbago, la mère Odiard, qu'est aussi jeune que ma mamie, a besoin d'aide dans sa boutique. Et comme le père Odiard n'a jamais tenu un balai de sa vie… Boulot ennuyeux, mais récompense alléchante. On partage ?

Comment ne pas céder à la nougatine croustillante, aux noisettes noyées dans le caramel, à l'onctueuse pâte vanillée ? C'était exquis, et Gabbin le remercia dix fois plutôt qu'une. Oui, dix fois plutôt qu'une. En le regardant droit dans les prunelles.

— À table ! lança-t-il ensuite avec allégresse.

Façon de parler, car point de vraie table. En revanche, de l'appétit…

— On peut faire tous les discours qu'on veut, y aura jamais rien de mieux sur terre à se mettre sous le croc ! affirma bientôt Gabbin, entre deux grignotements.

— Ce que je préfère là-dedans, approuva Birvoul, c'est la purée de cassis entre les deux feuilles de biscuit !

— Et moi, c'est que c'est un million de fois meilleur que le potage d'eau servi à l'orphelinat.

Tellement meilleur qu'il retarda le moment

d'avaler la dernière bouchée. Mais quand ce moment vint après une multitude de coups de canines, il souffla une haleine formidablement parfumée.

Le festin s'acheva par des cafés servis dans des timbales, avec trois sucres, une goutte de crème et le récit de Gabbin.

Il décrivit d'abord le quartier Neuf-Or. Le salon digne de celui de monsieur le comte. L'inconnu avec une barbichette à six poils. La dame avec ses quatre rangées de perles sur la gorge. Et, surtout, le revolver, les éclairs, le sang sur la jolie robe de soie, puis le regard venimeux de l'assassin, à la fin.

— Tu ne te racontes pas des histoires, là ? minimisa le sensible Birvoul, absolument pas amateur d'aventures sanguinolentes.

— T'as des toiles d'araignée dans les oreilles, ou quoi ? Il l'a tuée à bout portant, comme une perdrix. Pour de vrai. Sous mes yeux.

— N'importe quoi !

— Si elle n'est pas morte, moi je suis un Indien avec des plumes sur la tête ! Car l'autre l'a pas ratée, en plein dans le mille ! Pas son premier crime, je te le dis. Ça se voyait comme un coup de pied dans une vitre que ce type est un meurtrier pur jus, un pro de la gâchette. Il n'a pas hésité une seconde, il n'a pas tremblé. Un égorgeur de cochons a l'air *angélique* à côté de lui.

— Dans ce cas, avertis la police.

Idée aussitôt balayée par Gabbin. Il se serait cassé une jambe plutôt que d'aller au commissariat.

— D'abord, ces messieurs de la police m'écouteront jamais ! Pire, ils me cuisineront pour savoir ce que je magouillais sur les toits à une heure pareille, et dans un quartier qu'est même pas le mien en rêve. Je te parie mes guenilles qu'à la fin de l'histoire je finirai derrière les barreaux et qu'*il* m'apportera des oranges et pas mal d'humiliation. Alors non !

— Tu ne peux pas fermer les yeux sur un meurtre, protesta Birvoul, inquiet de savoir un Jack l'Éventreur dans les parages.

— J'irai pas ! s'obstina Gabbin. Plutôt avaler

un truc vénéneux du genre boudin noir que de m'approcher d'un centimètre de képi.

— Bravo ! Belle mentalité…

— J'irai pas, j'irai pas, j'irai pas ! insista Gabbin en brassant beaucoup d'air.

La flamme de la bougie s'agita ; on aurait dit que cette langue d'or voulait parler, donner son avis.

— Et si t'écrivais une lettre anonyme ? proposa Birvoul après un moment de réflexion. Avec tous les détails. Avec tous les détails, ils seront bien obligés de te croire !

Gabbin étudia la question. Une lettre anonyme. C'est-à-dire aucun risque, la conscience tranquille, et peut-être même l'arrestation du dangereux criminel à la fin. Excellente idée.

Et puis, ce courrier, c'était un peu l'apprentissage de l'honnêteté, une chose nouvelle pour lui. Un frisson le chatouilla, qui le poussait à dire oui.

— Tu m'enquiquines, mais… c'est d'accord, soupira-t-il, traînant la voix, roulant des yeux. Mais *tu* écris. La grammaire, j'en ai vaguement entendu parler, et l'orthographe est une ennemie intime. Bref, ça gâcherait tout, ça ferait pas sérieux ; la lettre irait droit à la poubelle, et l'assassin finirait ses jours au soleil des Caraïbes.

Au tour de Birvoul de réfléchir.

— Mon orthographe n'est pas trop infecte, mon écriture assez lisible, donc j'accepte à condition que *tu* la postes.

— Entendu.

— Je vais chercher de quoi écrire.

— Te fatigue pas ! le refréna Gabbin.

Du plancher creux il sortit une feuille aussi chiffonnée qu'une taie d'oreiller, une enveloppe dans le même état, un portemine.

— Ça traînait sur un bureau… dit-il en guise d'explication.

Avec ses pattes de mouche, Birvoul recopia pendant une heure l'essentiel de cette histoire extravagante : le lieu du crime (26, rue Belle-Bohème, dernière lucarne avant les étoiles), la date et l'heure, la description du criminel, de sa victime, de son arme et du bel appartement. Il insista sur les coups de feu. *Deux explosions à déchirer les tympans. Deux comètes qui ont troué la jolie robe de la jolie dame, et c'est pas de la blague.* Son crayon sautilla une dernière fois sur le papier, suppliant ainsi le lecteur de ne pas prendre ce témoignage à la légère.

Relecture à voix haute, corrections, hochements de tête satisfaits. Sur l'enveloppe, l'inscription : TRÈS URGENT.

— On va pas gâcher de l'argent pour un timbre, proclama Birvoul. (Gabbin était bien d'accord avec lui.) T'auras qu'à la glisser sous la porte du commissariat, demain, à l'aube.

4

LE MANTEAU PRUNE

Gabbin se réveilla en un sursaut qui fit tressauter bougeoir et cafetière.

La lettre… le commissariat… et l'horloge qui sonnait déjà 10 heures.

— Pour jouer les facteurs à l'aube, c'est foutu… bâilla-t-il en grattant sa forêt de cheveux d'une main, son fond de culotte de l'autre.

Avec la lente maladresse d'un garçon ensommeillé, il enfila à l'endroit un pull ratatiné, des chaussettes disparates, des bottines râpées, une casquette en toile noire, un gilet fermé par une épingle de nourrice, puis un extraordinaire manteau bigarré. Bigarré puisque reprisé avec vingt morceaux de veste arrachés ici, décousus là, découpés ailleurs. Des morceaux ronds et gris, verts et carrés, jaunes et trapézoïdaux…

Il prit enfin l'enveloppe, de la monnaie, son écharpe, sa besace et sortit par la porte, pour une fois. « Je suis le cousin de Birvoul ! » mentirait-il si jamais la vieille chouette hirsute le coinçait par hasard dans les escaliers.

Son museau à peine dehors, un frisson lui pinça le dos et une volée de flocons tournoya autour de lui.

– Marre de ce temps de gueux ! grommela Gabbin en cette matinée froide et bleue, sa casquette déjà blanche, en frappant la semelle pour réchauffer ses pieds, deux bouts de marbre.

C'était tapis de neige ici et tapis de neige là. Il en pleuvait parfois de gros paquets sur la tête des passants quand une fenêtre s'ouvrait ou qu'un oiseau se détachait lourdement d'une gouttière. Recouverts de dentelle, les passants râlaient tandis que les riverains, une pelle à la main, dégageaient le seuil des maisons. Et les flocons tombaient toujours.

Au lieu de rêver de chaussettes triple épaisseur, Gabbin estima la durée du chemin jusqu'au commissariat du centre-ville : une bonne demi-heure de trot entre les congères et les éternuements de l'hiver.

— Allons-y, ce n'est qu'un mauvais moment à passer !

En ce début janvier, la ville gardait ses habits de fête. De coquets réverbères portaient toujours une couronne de houx en cravate. Des écriteaux souhaiteraient jusqu'à la fin du mois joyeux Noël et bonne année aux citadins. Quelques guirlandes ondulaient sous un soleil orange givrée. Le vent d'est chatouillait les clochettes des sapins, celui du nord titillait la flamme des lanternes, et le vent surgi de la rue des Baladins emportait la musique enchantée d'un violoniste itinérant. Des enfants patinaient dans les rigoles.

— Ça sent le gingembre, dit un passant.

— Ça sent la mandarine, dit une passante.

— Ça sent l'orphelinat, dit Gabbin en reniflant une odeur de vieux chou qu'il se dépêcha de laisser derrière lui.

Après les rues Paradis, Autan-Lara et Monte-là-dessus, il se jeta dans le chemin Rose-Pavé, noir de monde. Mille silhouettes se croisaient et se recroisaient devant autant de boutiques, pommes d'amour sur les joues, bonnet à pompon sur le crâne et paquets dans les mains. Trop habitué à la solitude sur les toits, tout là-haut, à une enjambée de la constellation de l'Aigle, Gabbin traversa cette ruche sans savoir où regarder. Les gens, les étalages bariolés, le brouhaha, et cette lumière brillante du petit matin… La tête lui tourna plus vite qu'une roue de charrette mais elle se figea net car, là, droit devant, au milieu du va-et-vient de la foule…

Un air sibérien gela ses côtes : seulement vingt rangs de pavés le séparaient de l'assassin. Gabbin, étourdi, hésita entre en croire ses yeux ou croire à un mauvais rêve. Les chances de rencontrer ce sale individu ici étant aussi maigres qu'un cheveu coupé en huit, les siens se dressèrent comme les pailles de fer d'un balai de ramoneur.

Au cas où, il se gratta quand même les paupières, il tenta d'épousseter cette vision. C'était bien lui, l'homme au revolver. À quelques détails près. Le ventre rond avait dégonflé. La barbichette et la moustache étaient rasées. À la place de son costume de gala, il portait un long manteau prune à col de velours, une écharpe en pure laine mérinos, des gants de cuir sur ses mains de mitrailleur.

«Des gants épais bien chauds...», constata Gabbin avec un sentiment d'injustice.

Seul le regard n'avait pas changé. Ah! ce regard de tueur, comment l'oublier? Glacé, perçant, maléfique. Maléfique car, en visant *par hasard* Gabbin, il le cloua sur place.

Le temps d'un perturbant face-à-face, chacun fouilla le visage de l'autre.

— Cette canaille m'a reconnu! couina Gabbin en ravalant trois fois de suite sa salive.

Il connaissait certes la peur (des chiens énormes, de la prison, de retourner dans cet horrible orphelinat), pas encore la terreur. Mais quand le criminel l'interpella d'un ton jovial, trop jovial à son goût, pas normal, sa méfiance redoubla. Et quand l'homme fit un petit pas vers lui, avec à la bouche un sourire de prince satisfait, un sursaut de panique picota Gabbin.

Dans sa poitrine maigrelette, deux cents tam-tams tapèrent en rythme. Son cœur cogna si fort que, par rebond, lui-même sauta au milieu de la foule, point de départ d'une course vertigineuse.

– Reste là, jeune andouille! ordonna l'homme, plus du tout jovial.

Jeune andouille, ainsi que l'appelait Cognart, le surveillant-chef de l'orphelinat, un affreux type reconnaissable à son nez de rat et à sa matraque, un bâton aussi lisse et dur qu'un galet. Matraque qui disparut en même temps que Gabbin, ce fameux soir où il avait crocheté la serrure avec ses pieds.

– Pour discuter autour d'une tasse de thé? ricana-t-il.

L'homme bondit à son tour. L'ourlet de son manteau tourbillonna tel un drapeau pirate. Qui sait ce qu'il dissimulait dessous! Un revolver? une carabine? un fusil? les trois? Cette éventualité secoua Gabbin, que ses enjambées plus grandes et plus rapides propulsèrent aussi loin que possible du danger.

Petit Poucet poursuivi par l'ogre, il remonta ainsi toute la rue à une allure démente, à s'en décrocher les oreilles, à en perdre la lettre. Cette fameuse lettre de la vérité s'envola entre deux slaloms et papillonna jusque dans les mains d'une fillette qui fit de la feuille un avion et de l'enveloppe un bateau.

Gabbin, qui ne s'aperçut de rien, bifurqua vers la Toupie du père Hansi, au bout de l'allée.

La Toupie, c'était un carrousel. Il ressemblait à un champignon d'ébène qui aurait poussé, énorme et seul, au beau milieu d'une vaste pelouse.

Toupie, c'était à cause de sa vitesse. Depuis que le père Hansi avait génialement bricolé son gigantesque moteur, celui-ci accélérait sur commande. À condition de baisser à fond le levier, toute l'écurie de chevaux de bois filait au triple galop, la crinière au vent. C'était grisant. De l'avis général, les enfants n'iraient pas plus vite à califourchon sur un obus. Pour ne pas s'envoler, ils se cramponnaient ferme aux barres torsadées comme des bâtons de guimauve, et ils riaient. Cette chevauchée durait douze, treize, quatorze tours riches d'accélérations folles. C'était délicieux. Les jeunes cavaliers adoraient être poussés dans le dos, bien que leurs parents affirment qu'il fallait avoir la caboche mal vissée pour gâcher temps et argent sur ce casse-binette.

Ce matin-là, le manège dormait encore, et le père Hansi sûrement aussi. L'occasion de mettre la machine en marche était trop belle…

Après un doux ronronnement, un collier de mille ampoules blondit le gros jouet. Dans la forêt de barres torsadées, les chevaux paradèrent du bout des fers, au son de cette ritournelle entêtante qui fait le charme des fêtes foraines. Une fois dans l'oreille, elle ne ressortait plus jamais et l'on pouvait l'entendre même longtemps, longtemps après avoir cessé d'être un enfant.

À quatre pattes entre celles des chevaux, Gabbin progressa vers le levier du bonheur, qu'il abaissa d'un coup sec à l'arrivée du manteau prune, avec l'idée de lui faucher les jambes.

Alors la jungle des rouages s'activa. La musique joua plus vite, plus fort. Les chevaux s'emballèrent et se lancèrent dans un galop fougueux. Ils n'avaient jamais autant accéléré, ni l'homme autant titubé. Plus pâle qu'une statue de sel, il bascula en arrière, en avant, un pas à gauche, un pas à droite, un pas à droite, un pas à gauche. Il verdit. Il grimaça. Mais une bride en faux cuir passant par là stoppa cette danse ridicule : il s'y agrippa comme l'alpiniste à sa corde.

En riposte, Gabbin releva sans délicatesse le levier, ce qui trancha d'un seul coup le mouvement du manège.

Avec l'impression d'être une salade dans une essoreuse, l'homme fusa brutalement vers un carrosse aux banquettes rembourrées de mousse, rien de mieux pour amortir un choc.

– Et zut ! rouspéta Gabbin, déçu par cet échec.

Il eut beau répéter dix fois cette succession de freinages et d'accélérations, impossible de mettre K.-O. l'ennemi pelotonné dans son moelleux carrosse. «Tant pis, j'aurai essayé», pensa Gabbin, qui, lassé du carrousel, déguerpit en deux gambades et trois cabrioles. L'homme le suivit, la souplesse en moins.

Allergique aux manèges déglingués, il sauta sans réfléchir et se réceptionna mal. À cause du tournis qui brouillait le paysage. À cause des seaux de vent congelé dans les yeux. À cause, aussi, d'une cheville faiblarde.

Emporté par cette chute, l'assassin roula deux fois dans la neige. Son manteau prune blanchit. Ses joues vertes aussi. Mais il rattrapa vite son retard : ses jambes étaient longues et ses foulées, immenses.

Plus loin, mais pas *beaucoup* plus loin, Gabbin traversa l'avenue Alfred-Charlot et son enfilade d'échoppes. Vent dans le dos, il longea le cinéma, la librairie, la boutique de marionnettes. À son passage éclair, un arbre frissonna, deux compagnies de pigeons s'envolèrent, un fifre accéléra le tempo et joua allegro.

Quinze enjambées plus tard, passant devant des boulangeries, des charcuteries, des confiseries, il emporta avec lui, piégés dans ses guenilles de laine, des parfums de sucre et de sel. À l'étalage d'une minuscule boutique de jouets, il empoigna un sachet de billes et deux colliers de fausses perles qu'il égrena derrière lui dans l'espoir de faire du dégât.

Il réussit presque.

— Waouah ! s'épouvanta l'ennemi sur ce périlleux tapis.

Ses jambes qui pédalaient dans le vide, ses bras qui ramaient à une cadence folle, et tout le reste du corps qui tremblotait... Il tomba des nues d'abord, à la renverse ensuite, mais pas dans les pommes. Flûte ! Au jeu du chat et de la souris, Gabbin la souris gagna cependant quelques miettes de terrain qu'il faillit perdre au coin de la rue. Heureusement, il évita en deux zigzags de mouche la dame à vélo qui allait lui rentrer dedans.

— Pardon, m'dame ! Adieu, m'dame !

Dérapage contrôlé à gauche, saut à droite devant un petit garçon dont l'immense écharpe traînait par terre, brusque pic de vitesse... Rien n'y fit car l'assassin était déjà de retour, l'œil mauvais. Coriace.

— La prochaine fois qu'il me prend l'envie de poster une lettre, je fais grasse matinée jusqu'à midi ! grogna Gabbin.

Dans l'arrière-cour d'une auberge, l'idée de se cacher à l'intérieur d'un tonneau vide lui vint. Il y en avait plus de dix groupés ici, empilés là. Sauter dans l'un d'eux fut l'affaire d'un battement de cils. Plié en quatre, il se boucha les narines à cause des odeurs de vieux vin.

— Ça sent pas pire dans les égouts ! gémit Gabbin, la bouche tordue par un début de nausée.

Par le couvercle entrebâillé il vit bientôt le tueur clopiner, ralentir, s'arrêter. Ses poumons sifflaient, sa figure coquelicot suait avec, au milieu, comme un robinet qui fuit ; mais la méchante lueur noire dans ses yeux demeurait intacte.

— Si ce démon me trouve…

Gabbin n'osa pas penser que tonneau rime avec tombeau. Il n'osa pas non plus respirer. Trois inspirations là-dedans et l'ivresse le gagnerait aussi sûrement qu'une allumette qui embrase un bâton de dynamite ; ça fait boum.

« Et je serais bien capable de sortir en chantant un air d'opéra ! »

Autant dire : de se donner en pâture.

Joues gonflées à bloc, il patienta sagement. Un peu, pas trop, car l'homme ne prit pas racine. Après avoir éparpillé son vilain regard de-ci, de-là, soufflé mille fois et usé deux mouchoirs, d'un haussement d'épaules il rebroussa chemin.

Pas trop tôt ! Lorsque Gabbin jaillit hors de sa barrique, il avait l'œil luisant, le teint verdâtre, grand besoin d'air frais.

Il inspira une fois, il inspira deux fois. À la troisième aspiration, l'ombre immense du lugubre manteau prune s'éleva au-dessus de lui.

« Mille milliards de je ne sais plus quoi ! » pensa le garçon pris au piège.

Rusé, l'assassin avait patiemment guetté le retour de sa proie. Il s'était lentement approché à pas de loup, ou de renard, sans desserrer les dents, attendant que Gabbin se trahisse. C'était chose faite. À présent son sourire retroussé réclamait vengeance, et son sourcil impatient la réclamait *maintenant*. Quand il mit la main à sa poche (sans doute pour dégainer son arme), Gabbin se creusa la cervelle avant que le tueur ne lui creuse une tombe.

5

LE GRAND BAZAR

La solution était à ses pieds, dans cette mélasse composée d'écorces d'oranges et de clémentines, de bâtons de cannelle mous, d'étoiles de clous de girofle… pour résumer, de résidus gluants de vin chaud. Il ne lui restait plus qu'à racler le fond de la barrique pour propulser deux grosses poignées d'épluchures de vin de Noël à la face du tueur.

Ce qu'il fit de tout son cœur. Un bien joli tir. L'homme hurla, de surprise, de colère, de dégoût, et Gabbin disparut comme neige en enfer.

Le vent en poupe, il fonça. Puis il ralentit : besoin de glousser.

Avec un bout de cannelle sur la joue, une pelure d'orange cimentée au milieu du front et les paupières noyées sous du jus de barrique, l'assassin ressemblait à un clown ! à un pitre ! Plus du tout à un massacreur d'enfants.

Gabbin gloussa, donc. Impossible de s'en empêcher. À cause de deux minuscules larmes de joie, ses yeux scintillèrent un instant comme du cristal. Mais une syllabe de rire plus tard, chose ahurissante, l'homme réapparaissait déjà, titubant, râlant, ôtant un reste de fruit englué dans ses cils. Plus déterminé que jamais.

— Nom d'une taloche ! bougonna Gabbin, fâché d'être le mulot dont veut se délecter le hibou affamé.

« Un mulot, y peut au moins imiter les rats et s'évanouir dans les égouts… »

Là, il désirait s'évanouir tout court. Trop d'émotions, peut-être. Ou pas assez de sucre.

À défaut d'un solide petit déjeuner, il s'administra, pour se revigorer, trouver la force de cavaler encore, des claques chaudes et piquantes sur les joues. Cela lui fit du bien. Il trotta de plus belle, attiré par les bas-fonds.

La suite de son parcours, une sorte de spaghetti entortillé, l'emmena en effet jusqu'au quartier Craquetare et son dédale de ruelles.

«Dans ce labyrinthe, j'ai peut-être une poussière de chance de larguer l'autre zig!» se dit-il en pivotant vers une maison étrangement bâtie (un étage en brique, un étage en pierre, un étage de travers) où une enseigne clamait *Le Grand Bazar d'Edgar Falbalar.*

Le nom de ce dépotoir était écrit en lettres rouges, vertes, marron, jaunes et bleues, tantôt droites et tantôt penchées, certaines obèses, d'autres lilliputiennes, sur un rectangle de bois couleur citrouille.

Dépotoir qui attirait tous les drôles d'oiseaux de la ville. Contre un peu de monnaie, ils se soulageaient ici d'une marchandise encombrante, outils de jardinage, raquettes de tennis, moules à gaufres, savonnettes, lampes à pétrole ou portemanteaux : tout ce que le propriétaire, une vraie peau de roublard, pouvait acheter pas cher et revendre le triple. Gabbin venait parfois lui proposer des objets récoltés plus ou moins honnêtement, et souvent moins que plus.

— Ou je me cache chez ce margoulin, ou je vais y laisser mes godasses !

Il entra. Devant lui s'amoncelaient vélos sans roues, brouettes chargées de bibelots sales, cageots défoncés, parapluies cassés, morceaux d'échelle, chaises amputées d'un pied… Cet endroit, c'était moitié rouille, moitié poussière. Le seul avantage de cet effrayant bric-à-brac, c'était le nombre de cachettes disponibles.

— Une bonne centaine, calcula Gabbin en se précipitant au cœur de ce fourbi.

Ce galop en avant coïncida avec un énorme *BAOUM.* Pendant qu'il glissait un regard craintif en arrière, lui-même glissa sur une peau de chamois et s'envola tête la première contre une batterie de casseroles suspendues au plafond.

— 'Tain de saletés de marmites !

De rage idiote, sans réfléchir aux conséquences, il martela du poing la première venue, laquelle fit s'entrechoquer les autres en série. Un nuage gris tomba de ce vacarme cuivré. Edgar Falbalar apparut aussitôt.

Avec ses rares mèches coiffées au râteau, son

écharpe rousse vissée à la gorge, son odeur de gouttes pour le rhume, et le nez comme un radis à force de l'essorer, il ressemblait à sa piteuse marchandise. Et comme il faisait froid au milieu de ses poêles en fonte, de ses radiateurs et de ses fours à bois soit cassés, soit éteints! Aussi froid qu'au pôle Nord.

— Nom d'un cabochon, c'est mon bon Gabbin! chantonna l'hypocrite marchand, toujours heureux de recevoir un bon pigeon à plumer ou, dans le cas de Gabbin, une caille.

Tellement heureux qu'il se frotta les mains d'un air fourbe de vieille sorcière, émit le ricanement allant avec et dévoila deux étages de dents jaunes le temps d'un sourire en quartier d'ananas.

— Quelles jolies merveilles apporte mon jeune ami? Les fourchettes en argent de la dernière fois sont parties comme des petits pains, tu sais!

Un petit pain. Voilà tout ce que Gabbin avait pu s'offrir avec le bénéfice de cette vente. Oui, une peau de roublard, ce Falbalar.

– Tu apportes les couteaux, cette fois ? Les couteaux, ce serait formidable !

Mais son sourire malhonnête se recroquevilla aussitôt après.

– Rien, se dépêcha de répondre Gabbin, inquiet de perdre un temps précieux, le fou de la gâchette n'allant pas tarder à le rejoindre. Aujourd'hui je suis v…

– Rien ? l'interrompit Falbalar, sec et froid.

Rien. Quatre lettres prononcées sur le ton de *«Tu te moques de moi ? »*. Pendant une seconde il dévisagea son «jeune ami» avec sévérité, la seconde suivante avec avidité.

– J'ai compris, s'illumina-t-il. Aujourd'hui, tu veux *m'acheter* quelque chose !

Puisqu'il n'y a pas de petit profit, il récita son baratin habituel.

– Cher client, si vous l'ignorez, sachez que *Le Grand Bazar* est *la* caverne d'Ali Baba de notre époque. Fouillez, vous trouverez : c'est ma devise.

D'un tourbillon enjoué vers la droite, hop, il lui présenta une montagne de jouets oubliés là depuis vingt ans.

— Cerceaux, arcs, flèches, balles et ballons, cannes à pêche vendues à l'unité ou au fagot, chapeaux de cow-boy, ainsi que…

D'une virevolte vers le côté opposé, hop, il désigna un empilement de vieux cartons.

— Là-dedans vous trouverez des skis et leurs bâtons, des bocaux de poil à gratter, quelques flûtiaux, des pétards et mille masques de carnaval. Regardez ! Vous avez le choix entre gueules de monstre et têtes bouffonnes !

Gabbin repoussa ces nombreux articles d'un timide mouvement de la main.

— Pas v'nu acheter, m'sieur ! s'excusa-t-il, aussi nerveux que le condamné arrivé au pied de la guillotine.

L'autre renifla. La goutte pendue au bout de son nez retourna illico se cacher dans la forêt de poils de la narine gauche.

— Pas venu pour acheter ! grogna-t-il. Pas venu pour vendre ! gronda-t-il.

Entre deux airs de trompette dans son mouchoir-serpillière, il attrapa Gabbin par le bras, qu'il avait plus fin qu'une baguette de pain.

— Pas un lieu de promenade, ici. Tu reviendras avec la tête moins vide et les mains pleines !

Et d'un coup de pied aux fesses il l'envoya droit vers la porte, c'est-à-dire vers le manteau prune.

L'homme dans ce terrifiant manteau sursauta. Gabbin aussi. Et Falbalar. Tanner le cuir d'un morveux devant un *monsieur* qui sent les pièces d'or à des kilomètres, un gentil père de famille si ça se trouve, avec des principes et de la morale, un futur riche client peut-être, très mauvaise idée. Grave faute professionnelle.

Du coup, abracadabra, Falbalar changea vivement son fusil d'épaule et traita Gabbin avec une infinie douceur.

— Va, mon tout-petit ! lui proposa-t-il avec autant de tendresse qu'il y a de crème dans un chou, en lui tapotant le sommet du crâne. Pour les enfants, un article offert pour un article acheté ! Cherche ton bonheur, mon angelot…

Content de ces paroles en toc, il attrapa gentiment Gabbin par le col et, gentiment, l'expédia vers le fond du magasin, à seulement deux pas de la porte de derrière, mais à trois bons mètres de l'homme figé, totalement muet, les jambes et la langue raides. Langue raide parce que Falbalar parlait tout le temps. Jambes raides parce que Falbalar s'était planté comme un tronc face à lui, bien décidé à ne plus le lâcher.

— Merci ! ricana Gabbin, tandis que le marchand articulait à toute vitesse son boniment.

— Très cher client, si vous l'ignorez, sachez que…

C'était parti pour cinq minutes de bla-bla, plus qu'il n'en fallait pour se faufiler entre les tours en carton et les cages à poules empilées de guingois. Ces cages, ces cartons, il suffit d'un rien pour qu'ils vibrent, s'écroulent et obstruent le passage. Falbalar n'y prêta guère attention. L'homme si, mais… Un client de rêve n'étant pas censé s'éclipser, l'envahissant Falbalar l'avait coincé dans un coin, entre une brouette et une armoire, et il parlait, parlait, parlait.

Après l'avalanche, Gabbin sortit tel un javelot, bloqua la porte de derrière avec des planches ramassées plus tôt, tendit l'oreille.

— Restez, couina Falbalar entre cagettes, tas de ferraille et débris de meubles, l'homme ayant enfin réussi à se sauver. J'aurai bientôt des couteaux en argent à vous proposer...

Gabbin imaginait le vendeur à genoux au milieu du désordre, les mains jointes, une larme de crocodile dans chaque œil, ridicule. Une carpette !

— Pitié, monseigneur ! Je vous ferai un prix d'ami !

— La paix ! ordonna l'assassin d'une voix évoquant une bonbonne, une locomotive.

Gabbin devinait surtout son impatience, son regard agacé, son désir d'écraser d'un solide coup de talon la limace accrochée à ses bottes, comme il écraserait un rat.

— J'attends quoi pour décamper ? réagit-il en décollant son oreille de la porte. Qu'il m'écrase aussi ?

Ce qui faillit arriver.

Si Gabbin avait pu s'échapper en trois bonds, l'autre l'avait suivi en trois coups de pied sauvagement lancés. Le premier pour se débarrasser de la limace. Le deuxième pour dégager le passage des cages en fer. Le dernier pour faire voler la porte en éclats, laquelle, moisie depuis un moment déjà, céda donc facilement.

Il fallait maintenant compter sur la complicité des ruelles tordues du quartier Craquetare, véritables coupe-gorge la nuit (les plus courageux n'y entraient pas sans un signe de croix et deux prières), mais immenses terrains de cache-cache le jour.

Il prit d'abord à droite, mais à droite c'était un cul-de-sac.

À gauche, zut, pas possible non plus : l'armée de Toupin patrouillait dix mètres plus loin.

– Quelle poisse !

Toupin, c'était une brute avec le menton en galoche, les oreilles en chou-fleur et une bouche en cul-de-poule.

Autour de lui, ses canailles habituelles : Baltazar Boulrot, surnommé « Poire renversée » par allusion à sa grosse tête posée sur un cou trop fin, et qui possédait autant de neurones que ce fruit a de pépins.

Tomi le Croûteux, un bœuf enveloppé dans un chandail marronnasse assorti à ses verrues mal cicatrisées.

Anatole Crumpi, aussi maigre dans sa veste en cuir qu'un chat errant, bête comme une mouche, et sale, et méchant, et fort célèbre pour son vocabulaire épicé.

Jules Loupiot, une mocheté bâtie comme un caniche mais plus féroce qu'un dogue, et dont on redoutait le rapide va-et-vient de ses paires de claques, lesquelles fusaient sans prévenir.

Son cousin Antoine Briard, un vicieux aux yeux noirs ficelé dans un horrible pull vert et rouge râpé par les quatre cents coups de son pro-priétaire.

Hogg Faubert, roi de la châtaigne, toujours en train de caresser de la langue ses canines de lion en chasse.

Le dernier, un vilain vêtu d'un pantalon de pirate découvrant des mollets sales, se nommait Mario Graminé.

— Regardez ce que le bon vent nous amène ! cracha le petit Loupiot. Un punching-ball.

Gabbin freina des quatre fers. Pas question de circuler parmi ce ramassis de voyous. Autant traverser une mare aux crocodiles.

Tant pis pour le lacis de ruelles. Les cris dans son dos (de l'homme, de Toupin, de Falbalar) lui donnant des ailes de faucon, il continua tout droit, à contrecœur, sur une voie aussi raide qu'un garde-à-vous, où les possibilités de disparaître étaient plus minces qu'un fil de soie.

Survolant les poubelles, contournant les gens et les étals, il glissa bientôt sur une longue bande de glace qui, *wizzz*, excellente surprise, l'emporta en coup de vent devant le plus beau, le plus grand, le mieux fourni des magasins de jouets du pays, et peut-être même du monde : *Au fond du coffre, jeux doux et jeux dingues.* L'endroit parfait pour semer quelqu'un, en réalité. En tout cas bien meilleur que la décharge de Falbalar.

6

AU FOND DU COFFRE

Avec un appétit d'ogre, cette fabuleuse boutique avalait client sur client et les recrachait deux, trois, quatre heures plus tard, parfois plus et jamais moins. Ils avaient alors tous, sans mentir, les bras chargés de paquets enrubannés assortis à leurs yeux brillants.

Leurs yeux brillaient parce que ce beau bâtiment avait une gigantesque malle débordant de jolies surprises pour enseigne, des têtes de Père Noël en cuivre pour poignées de porte, une vitrine large comme un bus, haute comme un pont-levis et pleine à craquer d'un régiment de joujoux. Ils brillaient parce que le nom du magasin rayonnait en lettres d'écolier, maladroites et charmantes, au-dessus du coffre et de son chouette chargement. Ils brillaient parce que deux grands sapins montaient la garde devant l'entrée, et parce que quatre automates déguisés en lutins montaient la garde autour des sapins. Parce que l'on s'engouffrait d'un bel élan dans cette boutique que l'on quittait toujours en traînant les pieds. Et parce qu'un tel endroit dépassait l'imagination.

Cette hallucinante vitrine, les enfants la connaissent déjà en rêve : elle ressemble au paradis. Un paradis peuplé de cent mille jouets. Il y en avait autant que de cerises sur un cerisier. Il ne s'agissait pourtant *que* de la vitrine, car à l'intérieur…

Un véritable parc d'attractions, l'intérieur. Avec des rayons si hauts, si longs qu'on n'en distinguait pas le bout. Avec aussi des musiques joyeuses, des guirlandes scintillantes, un modeste carrousel (copie miniature de celui du parc), des licornes ici et des dragons fumant là, entre de faux arbres tordus… Une bien fantastique décoration. Une neige d'argent tombait parfois par surprise sur les allées, sur les sourires, sur les panneaux en bois qui fleurissaient un peu partout. Pointés dans chaque direction, ils fléchaient les nombreuses zones à thème.

Pour visiter *CAP CARNAVAL, CONFETTIS, DÉGUISEMENTS ET COTILLONS*, facile, prendre la deuxième à gauche, continuer tout droit après *L'ATELIER DES LUTINS DU P. N.* et vous arriverez au pays de la fête, où des nez de clown rougissaient de plaisir parmi les serpentins, les masques en papier gaufré, les fausses barbes, les fausses dents, les perruques bigarrées, et tout le nécessaire pour se costumer.

Pour *LA FORÊT DE MERLIN, USTENSILES DE MAGIE, MANUELS DE SORTILÈGES, BAGUETTES ET CHAUDRONS*, tourner tout de suite à droite après *LA TASSE D'ALICE, SALON DE THÉ POUR PETITS ESTOMACS MAIS GROS APPÉTITS*, et marcher jusqu'aux lumières changeantes, écharpes de fumée et mystérieuses crépitations.

Vers le sud, c'était d'abord *LE QUARTIER HALLOWEENESQUE POUR JOUER À SE*

FAIRE PEUR, puis *À L'ABORDAGE DU GRAND MONDE PIRATE*, enfin *PUZZLES EN DÉLIRE*. Vers le nord on arrivait à *BRICKS EN STOCK, JEUX DE CONSTRUCTION POUR DÉVELOPPER L'IMAGINATION, VITAMINER LA CRÉATIVITÉ ET ABOLIR L'ENNUI*.

À l'étage il y avait, à gauche, *LA SALLE DES PAPIERS CADEAU*, à droite, *LE MONDE DES CHEVALIERS D'HIER ET DE DEMAIN*, entre les deux, *AU ROYAUME D'ANDERSEN*. Plus qu'une librairie, c'était mille et un jolis contes dormant dans des décors féeriques, superbes, château de princesse ou forêt de trolls, en passant par la gentille chaumière où il faisait bon rêver, un livre entre les mains.

Gabbin, fasciné, écarquilla des yeux comme des roues de bicyclette. L'émotion lui donnant des couleurs, deux pommes rouges croquaient ses joues. Et chaque fois qu'il découvrait une merveille plus belle que la précédente, c'est-à-dire toutes les vingt secondes, un délicieux frisson soulevait ses épaules.

Au centre de cet univers enchanteur rayonnait, magnifique, un majestueux sapin. Quinze tours de guirlandes reliant le tronc à la cime étoilée le transformaient en énorme chandelle. Sa chaude lumière sautait sur les murs, les jouets, les visages ravis. À son pied, poupées parlantes, cow-boys de l'espace, consoles, piles de livres, pistolets à bouchon et bidules clignotants attiraient des grappes et des grappes d'enfants émus.

À l'abri d'un casse-noisettes plus rigide qu'un valet dans le palace de l'empereur, et de la même taille, Gabbin étudia les tourbillons de filles et les vagues de garçons.

– Une aubaine ! résuma-t-il. Même en me cherchant avec une loupe, l'autre sanguinaire ne me retrouvera jamais au milieu de ce tas de chérubins.

Mais *l'autre sanguinaire* semblait bien connaître les lieux. Planté tel un vigile à l'entrée du magasin, il ne bougea plus ni un orteil ni un sourcil. Quiconque passait par ici *devait* repasser par là : il n'existait aucune autre issue. L'homme le savait. Ce n'était donc plus qu'une question de patience. Cloué au parquet, sa tête allant de droite à gauche comme celle des redoutables chouettes, il scrutait le moindre garçon qui sautillait devant lui. Gabbin allait devoir ruser.

7

LES JOUETS S'AMUSENT

Gabbin s'enfonça d'un pas pressé au cœur du vaste magasin. Il en fit le tour en plus d'une demi-heure, mais conçut un plan terrible en moins de cinq minutes. Dans l'intervalle, ses yeux de chat de gouttière avaient distingué du matériel fort intéressant.

Au milieu de *LA PETITE AMAZONIE, JOUETS EN BOIS, PELUCHES EXOTIQUES ET BESTIOLES EN TOUT GENRE*, il dénicha un gros dinosaure en plastique pourvu d'une clé dans le dos. Quelques tours de cette clé, et la bête soudain furieuse vous décrassait les oreilles de son cri terrible. Pour le spectacle à venir, il engagea également des tigres en peluche, des singes, des ours... Jouets parfaitement doux et rassurants, sauf si...

Plus loin, aux *1 001 BLAGUES, FARCES ET ATTRAPES POUR ENFANTS FACÉTIEUX*, il empoigna des sachets de Fontaine magique, une boîte de chewing-gums (au poivre), des ressorts mécaniques larges comme le poing, et un paquet d'Étincelles Méli-mélo, au principe simple : on tire une fine languette en argent et quinze secondes après jaillit un élégant feu d'artifice, avec des étoiles qui tournoient dans des nuages d'étincelles. Effet garanti, lisait-on sur l'emballage bigarré.

Un peu plus loin encore, à *ROBOTS ET CIE, PETITES MERVEILLES DE TECHNOLOGIE*, il emprunta une toupie ronflante d'un genre spécial, des Frisbees hurleurs, et six puissants micros sans fil. Ainsi équipé, il disparut vers *MAISONS DE POUPÉES, CABANES ET CHÂTEAUX*. Là, un tipi libre et discret dévora cet habile fabricant de diversions.

Il avait ce talent, bricoler des pièges, improviser

des leurres, et il s'en servait dès que nécessaire, c'est-à-dire quatre fois par mois environ. Grâce à son dernier «bidouillage», deux semaines plus tôt, il avait gagné sa cafetière, une espèce de carafe argentée dont le bec verseur lançait alors en chantant une longue guirlande de nuages parfumés.

En s'échappant par la fenêtre entrouverte d'une cuisine – entrouverte mais, à cause d'une solide chaînette, pas déverrouillée –, ce train de nuages avait circulé sous les narines de Gabbin, de passage dans le coin. Cette interminable moustache blanchâtre sentait si bon la noisette grillée et le chocolat amer que :

– Il me la faut !

Car cette cafetière brillante, c'était la promesse d'une régulière boisson chaude, sucrée, amicale. Et pour cette raison, elle n'avait pas de prix.

Hélas, une domestique, affairée autour du four brûlant, veillait dessus autant que sur la porcelaine fine, les casseroles en cuivre et les gâteaux fourrés à la confiture de framboise. Costaude, armée d'un énorme rouleau à pâtisserie, elle représentait une réelle menace.

Un autre que Gabbin aurait jeté l'éponge, mais lui, il avait jeté son dévolu sur l'appétissante cafetière, et donc…

Il avait d'abord cherché comment se faire ouvrir la fenêtre. Puis (au cas où la domestique n'abandonnerait pas son poste) comment devenir invisible pendant un rapide va-et-vient dans la cuisine. Pas facile. Pas facile du tout. Impossible, diraient certains. Et pourtant, une simple œillade vers le ciel lui avait apporté une solution.

Identifier la cheminée de *cet* appartement, en boucher le conduit, là-haut sur le toit, avec un mouchoir et du carton, enfin attendre qu'un épais brouillard inonde le salon, la cuisine… en tout, cela avait volé trente minutes de son temps.

Quand la domestique catastrophée avait ouvert toutes les fenêtres, toussant, rouspétant, allant voir ailleurs si l'air était plus pur, Gabbin avait volé la cafetière en trente secondes. Ainsi que sa réserve de café, de sucre, deux tasses, et le paquet de gâteaux à la confiture.

– Excellente opération ! avait-il conclu, loin déjà de la grosse pelote de fumée.

Éparpillé sur le squelette d'un arbre, un chœur de moineaux avait chanté cette belle réussite.

Ce jour-là, dans le tipi, il fabriqua sa diversion avec toute l'attention d'un horloger.

Il commença par loger un puissant ressort dans le ventre de chaque peluche, un jeu d'enfant.

Mélangé à une noix de salive, un chewing-gum devint une colle acceptable pour scotcher un sachet de Fontaine magique sur chaque Frisbee aussitôt englouti par sa besace.

« On va bien rigoler ! » se dit-il encore, tournant puis bloquant la clé du dinosaure avec une simple allumette reliée à la bobine de fil à coudre qui gonflait sa poche.

Histoire de muscler le vacarme à venir, il dégoupilla le paquet d'Étincelles Méli-mélo posé contre le dinosaure aux dents longues. Il disposa tout autour cinq micros montés à pleine puissance.

Il vérifia que tout était bien en ordre. Ça l'était. Satisfait, il quitta le tipi sur la pointe des pieds. Avec discrétion et doigté, il jeta ses derniers sachets de Fontaine magique (dégoupillés, bien sûr) sous le carrousel, avant de se jeter lui-même trois allées plus loin, la bouche en cœur et l'air innocent.

Une pelletée de secondes plus tard, les micros diffusèrent dans tout le magasin le monstrueux grésillement chanté par les Étincelles Méli-mélo.

Surpris par cet épouvantable tintamarre qui croquait d'un coup les habituelles mélodies hivernales, hommes, femmes et enfants se figèrent d'un seul bloc.

– Ça fonctionne ! se félicita en douce Gabbin, un atome de malice dans chaque œil.

Il parlait alors et du vacarme et d'un fil électrique qui, à force de s'enrouler autour de la toupie musclée, finit par sauter hors de sa prise.

Soufflés comme une bougie, les quinze étages de guirlandes du sapin géant s'éteignirent devant la foule médusée. Peu après, d'autres toupies volèrent les auréoles des cinquante épicéas en faction dans le hall et les allées. Sans lumière d'or piquée aux branches, l'esprit de fête se ratatina d'un coup. Un soupir général s'éleva.

Dans l'espoir que cette tristesse deviendrait colère, et la colère panique, Gabbin tira d'un coup sec sur sa bobine de fil. L'allumette sauta. La clé se mit à tourner, le dinosaure à vomir des vociférations certes miniatures, mais joliment amplifiées par les cinq micros.

Les murs tremblèrent un peu, les jambes des clients beaucoup. La terreur enfla comme une flaque sous l'averse : c'était mieux. Tout cela à cause d'une inoffensive bestiole. Inoffensive, on n'en savait alors rien. On savait juste que des rugissements de lion en chasse dans un magasin de jouets, non, ce n'était pas normal. C'était même inquiétant. Et l'impuissance des vendeurs ahuris ne rassurait personne.

D'un rapide aller-retour de son canif, Gabbin libéra tout de suite la précieuse bobine. Le couteau atterrit dans sa poche, la bobine dans sa besace, ça peut toujours servir. Porté par des semelles de vent, il fila illico vers un autre point du magasin.

— C'est un incendie ! brailla entre-temps un garçon pour expliquer ce bruit sauvage.

— Du bois sec en train de craquer ! approuva un autre.

Mais non, bien sûr que non. Dans ce cas, on verrait des flammes lécher le plafond. De plus, l'alarme ne bronchait pas.

— Là, là ! s'époumona une maman catastrophée, un index tourné vers le carrousel malade.

Subitement à l'arrêt, sans lumière ni musique, le manège crachait d'un côté une fumée bleue, de l'autre de bondissantes escarbilles, comme des puces en feu. Agile, la fumée s'entortilla telle une liane autour des barres torsadées, des chevaux, du chapeau pointu et même au-delà ! Elle s'éleva tellement, tellement, qu'elle disparut quelque part au plafond, loin du manège maquillé en brasier.

Quant aux étincelles, ce fut une belle apothéose de chandelles multicolores et de soleils tourbillonnants pressés de s'envoler. Mais ce feu d'artifice, au lieu d'être applaudi comme tous les feux d'artifice, tira des petites filles des larmes d'angoisse, et des petits garçons de déchirants appels au secours.

La crainte d'une explosion les poussa cahin-caha vers leurs parents massés devant la sortie. Certains beuglaient, d'autres pleuraient toute l'eau du Nil. Quelques-uns, inconsolables, hur-laient comme des loups-garous à la lune : un boucan à réveiller les morts, tout ça. Gabbin ne s'en émut pas une seconde. « Ils reviendront demain, voilà tout. Des jouets, ils peuvent s'en acheter tant qu'ils veulent toute l'année. »

— Sauve qui peut ! paniquaient les parents en nage.

— Papa ! Maman ! appelaient les têtes blondes en larmes.

— Restez ! répliquaient les vendeurs, qui ne pleuraient pas, eux, mais presque.

Ce fut un spectaculaire tohu-bohu autour du manège, et partout ailleurs aussi, en vérité. Pour sortir les premiers, les plus âgés malmenaient les petits jeunes, les costauds rudoyaient les gringa-lets, et les garçons, qui ne connaissent pas la galanterie, dépassaient les filles à grands coups de coude. Triste spectacle.

Ce désordre de la taille d'une montagne redoubla quand trois Frisbees hurleurs déboulèrent côte à côte. Ils étaient en flammes, auréolés d'or, très gros et très chauds, et leurs dents de feu menaçaient de mordre tous ceux qui se trouveraient sur leur chemin.

— Je vais rôtir ! s'affola une dame lorsqu'un quatrième Frisbee passa à un poil de sa toque en fourrure. Mais le jouet pressé tourna de justesse vers la gauche, et la dame tourna de l'œil.

On ne les appelait pas *hurleurs* pour rien. Une fois catapultées, ces drôles de soucoupes en plastique miaulaient ou grognaient, cela dépendait de la vitesse de rotation. Là, traversant le magasin à toute allure, avec une longue queue de comète derrière elles, elles rugirent férocement. Ainsi commença l'ultime étape du plan de Gabbin : l'attaque des jouets. Du jamais-vu.

Poursuivis par une bande de peluches, les enfants terrorisés poussèrent des cris suraigus plus longs que quatre tours de cache-nez, parce que, bon, se faire agresser par des bêtes de zoo, même en peluche…

D'un bond magnifique, un capucin s'agrippa à la cascade de cheveux d'une fillette. Un rhinocéros caramel cogna le dos d'un garçonnet. Un tigre à gueule béante tenta de grignoter un mollet à sa portée, quel cauchemar !

– C'est pas drôle ! bredouilla la fillette bouleversée.

– Pas drôle du tout ! confirma le garçonnet, bientôt poursuivi par un deuxième rhinocéros, puis un troisième.

Pendant cinq minutes qui en paraissaient mille, un avion téléguidé tomba et retomba en piqué sur la foule affolée.

Élues meilleures fusées détonantes par le magazine *Lutins et Joujoux*, des Baboum-Bougka égrenèrent de-ci, de-là un bouquet d'explosions dont les vives détonations rappelaient le bruit d'une franche paire de claques.

Un régiment de ballons Yo-yo chargea ensuite les clients, les poussant un peu plus vers la sortie. Cet efficace coup de balai se poursuivit avec d'intimidants robots aux yeux rouges. Armés d'un pistolet laser, ils avançaient en rangs serrés, crépitant et tirant partout. Et puisque Gabbin avait attaché le dernier micro à l'un d'eux, et que cela produisait un gros bruit électronique, il ne semblait pas y avoir dix robots en marche, mais cinquante ! mais cent ! Cent automates de mauvaise humeur qui vous prennent en chasse, c'est impressionnant, ça vous oblige à reculer.

Grâce à l'averse d'araignées en plastique, de scorpions plus vrais que nature et de serpents visqueux à souhait, l'angoisse générale s'épanouit autant qu'un feu arrosé d'essence.

Il y eut d'autres ballons, d'autres fusées, puis les fameux Roquette-Bonbons. Ces drôles de pétards, en éclatant haut dans le ciel, distribuaient normalement à la ronde nougats, caramels et chocolats, pour l'immense joie des dentistes. En remplaçant ces sucreries par un demi-litre de Globulo-Balabulle (une redoutable mélasse gluante), Gabbin barbouilla la moitié de la foule. En quatre BOUM, cinquante victimes ! Qui dégoulinaient ! qui pestaient !

Les flammes, les jouets fous, toute cette pagaille, cette fois, c'était trop. Pressés de quitter ce dégoûtant champ de bataille, pères, mères et enfants foncèrent d'un même pas enragé, comme si tous les dangers du monde trottaient en file indienne dans leur dos. Obnubilé par la porte de sortie, ce troupeau furieux ne regardait plus que le grand rectangle de lumière pâle, droit devant. Obnubilé, donc – et le mot est faible –, il piétina tout sur son passage, même les jouets autrefois tant espérés, même les sapins enguirlandés, même l'homme au manteau prune.

– Bougez de là, voyons ! lui ordonnèrent sans ralentir trois papas, six mamans, deux grands-pères, quatre tantes et trois oncles, avec des regards courroucés.

Mais il ne bougea pas. Alors on le mitrailla d'insultes. «Pauvre imbécile», «Crétin total», «Débile sans bornes». La suite, on la devine : chahuté, renversé, écrasé par des dizaines de semelles, il fut rapidement emporté dehors.

Cette marée humaine… Un éléphant aurait pu s'y faufiler sans que personne ne le remarque.

Mais aussi un rhinocéros, une girafe, des babouins, et toute une garnison de Martiens. Alors un frêle petit Gabbin…

Avant de sortir tout à fait, il examina par prudence le proche périmètre. À bâbord, vers les bas quartiers, presque personne. À tribord, une centaine de peureux trottaient vers des abris. Pas un n'oublia de s'égosiller. À les entendre, le bâtiment allait exploser et les éboulis leur tomber sur le chapeau. Par contre, bonne nouvelle, aucun assassin à signaler au milieu des cris.

Tandis que chacun chantait sa terreur et courait plus vite que son voisin, Gabbin s'éloigna en sifflotant un air heureux qui parlait de succès. D'une chiquenaude il se débarrassa d'une puce, et en avant toute !

– J'ai une lettre à poster, moi.

À ce moment-là, il ignorait encore l'avoir perdue.

Une pirouette et deux entrechats plus tard, le nuage de peureux s'évapora. Et là, devant lui, malheur de malheur, enfer et damnation, le long manteau prune se releva d'une flaque de boue.

Manteau froissé, certes. Manteau déchiré ici et là, d'accord. Mais qui, du coup, donnait à son locataire un air encore plus féroce. Gabbin cessa de siffloter.

— Encore lui ! Je suis maudit…

Il s'attendait autant à le retrouver qu'à voir surgir, du trou de sa chaussure, Lucifer accompagné de ses diablotins.

S'il pensa à Lucifer, c'est que l'homme le transperça de son regard plus piquant qu'un coup de fourche.

8

LE BIDULE À ROULETTES

Le vent siffla, le vent gémit. Gabbin aussi. Il poussa un «Ah!» aigu et bref car, d'une œillade froide, l'homme sembla dire : «Maintenant que je te tiens, sale petit fouineur, je ne te lâche plus!»

Par un réflexe de survie, le «sale petit fouineur» claqua précipitamment des talons, opéra un vif demi-tour, et au revoir monsieur l'assassin.

Assassin qui, lui, haussa des épaules aussi carrées qu'un manteau pendu à un cintre, et souffla un petit bout de mistral car il lui faudrait courir encore, transpirer encore. Cela le fatiguait d'avance, mais avait-il le choix?

– Attends-moi! ordonna-t-il pourtant d'une voix de général (qui ne tente rien n'a rien), sauf qu'une rafale emporta l'ordre loin au-dessus des toits.

Les badauds virent bientôt une très grande silhouette s'essouffler derrière une maigre petite, jusqu'en haut de la rue Lampion.

Gabbin rouspéta tout le long de cette montée qui valait bien vingt tours de piste.

Trois raisons à cela. D'abord, il doutait de se débarrasser un jour de ce type plus accroché qu'une teigne dans les poils d'un chien. « Et le chien, c'est moi ! »

Ensuite, ce quartier de la ville se dressait par malheur sur une colline petite mais cruelle. Elle fatiguait les mollets, donnait des crampes aux cuisses, coupait le souffle d'un solide coup de hache.

Enfin, il avait une faim de loup.

À propos de loup… L'homme dans son dos haletait comme une hyène, transpirait comme une limace et tirait une langue de la taille d'une cravate. Son cœur tambourinait. Sa poitrine se gonflait et se dégonflait à vive allure. Et comme une pluie de sel brûlait ses poumons à chaque aspiration, il multipliait les grimaces de buveur d'huile de foie de morue. Malgré cela, il ne déclarait pas forfait. Pas encore.

Cinq minutes passèrent, une éternité au bout de laquelle une solution se présenta en combinaison d'hiver à la cime de la rue Lampion. Gabbin cligna des yeux. Cette silhouette gonflée par des superpositions de tricots et de chandails, un manteau de laine, une écharpe longue comme trois et un bonnet vert à pompon, c'était bel et bien Birvoul. Ainsi enveloppé, il tenait à distance grippe, rhume et pneumonie. Il ressemblait à un ourson.

Un ourson rencontré ici même, un an plus tôt, dans un grand fracas.

C'était l'automne… le soir tombait avec les feuilles mortes… Perdu dans ses pensées, Gabbin remontait cette rue Lampion à vitesse d'escargot. Loin de l'orphelinat, de ses soupes tièdes, des coups de bâton qui réchauffent les sangs, comment passer l'hiver ? Ce problème le hantait. Les conversations des passants, il ne les entendait pas.

Le tut-tut des klaxons, non plus. Mais le bolide de Birvoul filant droit sur lui…

À ses moments libres, Birvoul dévalait la pente à tombeau ouvert, assis dans une caisse en bois de sa fabrication montée sur quatre vieilles roues en fer. Il ne connaissait aucun jeu plus amusant. Lui que sa mère appelait « mon bébé en sucre », que son père nommait « mon poussin fragile » se transformait ainsi, sept jours sur sept, en un redoutable pilote de course. Sans son bonnet pour les rabattre, ses oreilles auraient claqué comme drapeaux au vent. Parfois les roues avant de son rapide engin sautaient, parfois c'étaient les roues arrière. Et parfois les reliefs de la piste soulevaient le tout de vingt bons centimètres, alors Birvoul fou de joie avait pendant un instant la délicieuse impression de s'envoler. Grisé par tant d'élan, il ne modérait *jamais* la fougue de son missile, qu'il neige, vente ou tombe des éclairs, pour ainsi battre un record. De toute façon, aucun besoin de freiner, d'habitude : alerté par l'horrible cri des roulettes, tout le monde s'écartait de son chemin longtemps à l'avance. Tout le monde, sauf Gabbin.

Mais quand le bolide de bric et de broc avait
dérapé juste sous son nez, qu'il avait été à ça de
l'écrabouiller, et que l'horrible cri des quatre
roulettes malades de la rouille avait retenti
jusqu'à Ouarzazate, alors une décharge électrique dans le ventre, le dos, sur la peau, partout,
l'avait enfin réveillé.

— Ça va, bonhomme ? s'était aussitôt inquiété
Birvoul, rouge tomate de confusion.

Ses esprits recouvrés, Gabbin avait rugi.

— T'es pas un peu cinglé ?

Après réflexion, Birvoul avait conclu que
non, vraiment, il ne pensait pas l'être.

— Quand on a une cervelle de bourricot,
avait ensuite déclaré Gabbin hors d'haleine,
poings serrés sur les hanches, on ne se prend pas
pour un guépard ! En plus, ta cagette, c'est une
épave, un danger public. On devrait t'interdire
de te promener avec ! Elle tient sur ses roues on
se demande comment, mais un jour elle s'écrou-
lera dans un virage, et toi, pauvre vieux, tu fini-
ras la tête dans une palissade et ce ne sera que
justice !

Aussi en colère qu'un patient dont le dentiste vient d'arracher une dent mais pas la bonne, il avait récité dix autres gentillesses du même calibre.

Au lieu de répliquer qu'il adorait les guépards, et les bourricots aussi, d'ailleurs, que sa cagette était solide, merci beaucoup, qu'il ne fallait pas se fier aux apparences, espèce de myope, et que lui n'avait qu'à pas rêvasser au milieu de la route, que c'est la nuit qu'on doit dormir, crétin, qu'il ferait mieux d'ouvrir les yeux et de se déboucher les oreilles quand il posait un pied devant l'autre, traîne-savates, guignol, idiot du village… Birvoul avait gentiment souri. Juste ça. Cette discrète virgule rose, la meilleure façon de cultiver une amitié, avait tout arrangé.

— T'as l'air d'avoir drôlement faim, avait-il constaté après une rapide inspection de ce garçon au gabarit de ficelle.

— Mouais.

— Et froid !

— Encore mouais, avait ronchonné Gabbin.

— Si tu veux, je connais un endroit au-dessus de chez moi. Pas un palace, évidemment, mais c'est sec et tranquille. Tranquille à condition d'être discret, rapport à la concierge qu'est aussi aimable qu'une porte de prison.

— Si le loyer reste raisonnable…

Grand cœur, bon môme, Birvoul l'avait donc installé ni vu ni connu en haut de son immeuble, dans un grenier qui se recroquevillait sous un chapeau de mauvaises tuiles. Cette pièce était un peu chahutée par les courants d'air, c'est vrai, sans cheminée ni radiateur, c'est exact, mais on ne peut pas tout avoir, et tel qu'il était ce repaire plus que modeste plaisait énormément à Gabbin.

— Ça ne te dérange pas, une colocation avec une souris et quatre araignées?

— C'est parfait, avait répondu Gabbin, ému jusqu'aux larmes par ce geste d'amitié, au milieu du magnifique taudis. Des larmes de joie, pour une fois.

Posé sur la tête de la rue Lampion, Birvoul ajustait ses lunettes d'aviateur lorsque son copain l'attrapa au lasso en deux mots:

– Attends-moi !

Puis en deux autres :

– Par pitié !

D'un coup de menton il lui montra l'adulte derrière lui. Birvoul comprit immédiatement.

– Monte !

Réflexe d'amitié.

D'un joli bond de crapaud, Gabbin prit place à bord. L'ennemi tenace était à seulement dix foulées de lui. À la onzième il l'attraperait par le col ou les oreilles, et ensuite ce serait la pluie de baffes, les «T'as eu tort de me faire courir ! », le massacre assuré.

Plus que huit foulées…

– Grouille ! s'impatienta Gabbin.

Il sentait presque le souffle du tueur sur sa nuque.

– Vas-y pleins gaz ! Hue, cocotte !

Derrière ses lunettes rondes, Birvoul le fusilla du regard.

Six foulées…

– Appelle-moi encore une fois cocotte et je t'éjecte dans un buisson d'épines, compris ?

Quatre…

— Compris, *capitaine* !

— Alors attention au démarrage ! chanta le fougueux pilote en desserrant le frein. Bouclez vos ceintures et accrochez-vous : ça va décoiffer !

Deux…

Poussé par l'index du vent, le véhicule bascula en avant, et la folle descente commença.

9

SUR LA PISTE DE L'HIPPOPOTAME

Il fila tout de suite à la vitesse d'une luge olympique.

L'une après l'autre, les quatre roulettes bosselées ricochèrent sur mille pavés bancals. Et ça crissait, et ça grinçait ! Plus fort que dix portes rouillées. Plus fort que cent portes. D'un bout à l'autre de la rue verglacée, des visages furibonds injurièrent cette machine à couiner, ce « cochon-patinette » du diable, ce maudit briseur de tympans. À son passage, une dame agita sans douceur un torchon constellé de boutons de varicelle gris, bruns, moutarde, puis un balayeur son balai mangeur de poussière. Birvoul, qui se sentait le garçon le plus heureux du monde car le plus rapide, s'en moquait bien. Fier de sa rutilante locomotive, il bramait de bonheur et grelottait d'excitation.

Gabbin grelottait tout court. De peur, pas de froid. Cascader sur les toits, passe encore. Mais faire du cent à l'heure sur un bout de bois aussi fiable qu'une montgolfière dans la tempête... Enfin bon. À court d'idées pour échapper à l'assassin, il était même prêt à se carapater sur le dos piquant d'un dragon épileptique. Quand cet engin de malheur se cabra dans le premier virage, craquant de partout, deux roues en l'air, sur le point de larguer tout l'équipage sur le trottoir, il regretta de ne pas chevaucher pour de vrai un dragon épileptique.

– Plus vite, encore plus vite, toujours plus vite ! hurla Birvoul d'une grosse voix de troubadour ravi.

Après avoir rétabli à la dernière seconde l'équilibre de sa dangereuse fusée, il poussa un rire triomphant qui dura jusqu'au tournant suivant, déjà là !

Cette courbe, la moins évidente du lot, faillit les envoyer direct à l'hôpital. Un miracle si...

Sur la piste polaire, luisante de cire glacée, la vitesse redoubla. Les roues arrière crachaient d'épaisses gerbes de neige. Brusqué par ce galop de tous les diables, Birvoul s'accrocha fermement à la frileuse carcasse de son bolide. Il enterra sa tête entre les épaules et cessa de rire. Dix fois giflé par le vent et l'écharpe de son ami, Gabbin s'agrippa tout pareil.

S'ils se lâchaient maintenant, c'était le télescopage assuré, la collection de bosses, les quatre membres dans le plâtre et les trente-six chandelles. Birvoul avait déjà perdu une dent de lait ici en percutant un réverbère de plein fouet. Rien de grave. La dent sacrifiée avait repoussé en quelques semaines. Les bosses avaient dégonflé en trois jours. Quant à la couronne de chandelles, le grand vent de la course l'avait soufflée comme des bougies d'anniversaire.

À mi-pente, le véhicule accéléra encore.

— Dans pas longtemps on franchit le mur du son, prédit Birvoul, toutes les fenêtres du quartier explosent, et avec un peu de chance on s'envole au-dessus des toits !

Non, le mur du son ne fut pas franchi. Les vitres du quartier restèrent de marbre. En revanche, un tremplin de six pavés dressés vers le ciel propulsa sans mal le bolide dans les airs, où pâturait un troupeau de nuages. Ce bond de kangourou fut grandiose. Sous un soleil jaune et blanc, et si proche qu'on pouvait presque le toucher, la casquette de Gabbin faillit lui sauter hors du crâne. Pendant deux secondes, l'avion sans ailes plana à un bon mètre du sol, rien que ça ! Ce n'était pas si haut, en vérité, mais à bord on avait l'impression de dominer le monde, de flotter à hauteur d'aigle, une bien agréable sensation. Le temps que Birvoul lève un bras pour, gourmand, arracher un morceau de nuage à la chantilly, son météore retombait déjà.

« Pourvu qu'il casse pas net ! » songea-t-il en se mordillant les lèvres.

L'énorme choc de l'atterrissage, un de plus, fit assez mal. La réception agressive sur les roues arrière s'accompagna, pour le véhicule, d'un affreux crissement et, pour ses passagers, d'une collection de bleus sur les fesses. Le missile de bois tint bon, mais... À cause d'un boulon perdu, d'une tige en fer tordue et d'une roue voilée, il tremblait maintenant comme un Esquimau sans anorak. Une séance de rafistolage serait à prévoir pour très bientôt, et zut! Birvoul soupira. En attendant, impossible de tourner à droite ou à gauche, mais ça, il préféra le taire.

Filant, fonçant, se moquant bien des obstacles sur son passage, la formule 1 de quatre sous rasa un homme de très près, puis un autre qui reçut une volée de petits glaçons par-dessus sa tête ahurie, puis une dame qui bondit comme un cabri.

— Aux abris! hurla-t-elle, furieuse, des flocons plein la figure.

— Casse-cou! s'épouvanta sa voisine, le nez froissé et le chapeau de travers.

Casse-cou, Birvoul l'était vraiment. «Et pas qu'un peu!» affirmaient les gens du quartier. En temps normal, il maîtrisait sa monture en tirant sur une vulgaire corde à moitié usée, laquelle actionnait péniblement les roulettes avant. C'est tout. Peu fiable, ce bricolage rudimentaire n'obéissait qu'une fois sur deux, et les freins (une paire de spatules en bois terminées par une moufle de métal) presque jamais. Pas une descente ne s'achevait sans que l'on tamponne le bord d'un trottoir, le ventre d'une poubelle ou le genou d'un imprudent. Ça mettait de l'animation.

Ni poubelle ni bonhomme à redouter, ce jour-là. En revanche, la ridicule camionnette qui remontait en fanfare une voie perpendiculaire à la rue Lampion, vingt mètres plus bas...

Ce tacot, une sorte d'hippopotame à moteur, jouait un concert à lui tout seul ! Son pot d'échappement rotait d'énormes galettes de fumée noire parfumées au diesel. Ses phares tout ronds, qui louchaient vers la route, tapotaient sans arrêt le capot. Deux de ses enjoliveurs ne tenaient plus qu'à un tour d'écrou et claquaient en chœur. Les deux autres, n'en parlons même pas ! L'un s'était décroché depuis longtemps déjà, et l'autre à l'instant. Ses amortisseurs miaulaient, son klaxon défaillant jouait du tocsin au moindre heurt. L'essuie-glace battait la vitre, le pare-chocs, le bitume. C'était horripilant, ça donnait la migraine, mais ce chahut de tous les diables aurait été incomplet sans la participation du moteur, une antiquité à explosion qui tonnait autant qu'un régiment de grosses caisses. Et toute cette cacophonie cahotait joyeusement vers une catastrophe ! C'était réglé comme une partition.

Les oreilles remplies des grondements de *sa* machine, Birvoul n'entendit ni les coups de cymbales ni les bruits de casserole qui s'approchaient, s'approchaient… Il n'entendit pas davantage les cris d'alerte des hommes inquiets. Et parce que tout, immeubles, silhouettes, poubelles, voitures, était flouté par la vitesse, Gabbin et lui ne virent rien des femmes horrifiées qui se pressaient le cœur ou balançaient les bras, là, de part et d'autre du véhicule en bois. Pour Gabbin, le vrai danger se trouvait derrière, pas devant.

Fatalement, la fourgonnette déglinguée leur apparut en un clignement de paupières. Énorme. Menaçante. Un monstre de métal dont les phares louchaient de plus en plus. Trop tard pour l'éviter.

La boule au ventre, Birvoul freina de toutes ses forces. Il passa par toutes les couleurs, il *clignota* tandis que deux buissons d'étincelles jaillissaient du cul de son bolide, lequel ralentit à peine, en vérité. Dommage. S'imaginant déjà foutu, mort écrabouillé, en miettes, il demanda pardon à Gabbin, ce gentil garçon certes pressé, mais pas de finir sa vie aujourd'hui.

Et le miracle arriva.

Le conducteur de l'hippopotame (heureusement en meilleur état que son véhicule) repéra de justesse le fragile missile sur sa route. Par un réflexe de la dernière chance, il écrasa à fond la pédale des freins. La pédale craqua. Il tourna plusieurs fois et très vite le volant à bâbord toute. Le volant se bloqua. Il traita ces deux garnements d'intrépides crétins, d'obus survitaminés, de futures crêpes, de poisons des rues. Les garnements tremblèrent.

Avant, pendant et après le gros freinage, le pot d'échappement tira trois coups de canon. Les freins fumèrent autant que les roues, qui fumaient déjà comme quatre brasiers. Le klaxon hurla de terreur, la paire d'enjoliveurs s'envola comme des soucoupes, l'unique essuie-glace valsa au son d'un épouvantable crissement. Mais finalement la cocasse camionnette se bloqua par bonheur à un jet de salive de Birvoul, lequel en fut quitte pour une sacrée frayeur.

Dans la rue, les témoins poussèrent une apothéose de soupirs ravis.

À dix centimètres près, ces jeunes sauvages lui rentraient en plein dans le mille et adieu la compagnie ! constata quelqu'un.

« Résumons la situation ! songea avec irritation Gabbin. Hier, glissade de la mort sur les toits. Aujourd'hui, autos tamponneuses foudroyantes. Quel événement chamboulera ma vie *demain* ? »

Il préféra ne pas y penser. Et Birvoul préféra secouer les rênes de sa torpille, et en avant !

– Ça ne lui a donc pas servi de leçon ? s'étonnèrent d'autres passants, se demandant si la jeunesse d'aujourd'hui était complètement folle, ou terriblement courageuse.

Un peu les deux. La preuve, Birvoul mangea avec appétit les derniers mètres de la rue, riant, chantant, se félicitant d'avoir mené cette course tambour battant. Il n'avait certes pas battu son record, mais cette descente à deux avait pour lui une saveur toute particulière qu'il n'oublierait pas. Gabbin non plus. On ne voyage pas tous les matins sur une usine à secousses.

10

DERRIÈRE LA POUBELLE

D'un souffle le vent apporta la brume. D'un soupir il entraîna la grelottante voiture de Birvoul
jusqu'au bout tout plat de la rue, où finissait la
descente. Et, d'un simple éternuement, Gabbin
signala sa position à son ennemi juré, bien plus
proche de lui que prévu. Très proche. De plus en
plus.

Si, à plusieurs reprises, Gabbin avait cru lui
échapper (en sautant du toit, en sautant dans une
barrique puant le vin, en sautant dans la fusée de
Birvoul…), l'autre, une vraie tête de pioche, était
revenu à chaque fois. Ce coup-ci à l'aide d'une
bicyclette volée au sommet de la pente.

À son arrivée, Gabbin dressa dans le brouillard des oreilles de renard en alerte.

– Tu entends ces cris de souris ?

« Le vélo du facteur », pensa Birvoul.

– T'es fou si tu t'imagines que c'est ton lion en chasse ! répliqua-t-il nonchalamment. Cet empoté en costard est resté en haut de la montagne Lampion, où il doit beaucoup pleurer de ne pas posséder un engin pareil au mien.

Très fier, il ne put s'empêcher de gonfler la poitrine.

– C'est lui, je te dis. Je le sais, je le *sens* ! affirma Gabbin en serrant les mâchoires.

– Qu'est-ce que tu lui as donc fauché, à ce sbire ? Les diamants de la Couronne ?

– Rien, justement. C'est ça le pire. Je l'ai volé autant de fois que je me lave les dents, c'est dire !

Birvoul leva un sourcil méfiant.

– Entre le meurtre et ta fuite, tu l'as allégé d'une petite babiole qui vaut bonbon. Avoue !

– Mais non !

– À moi, tu peux bien te confier.

– Je t'assure que…

— Et il veut te tirer dessus ?

— Mais oui ! affirma Gabbin avec feu. S'il m'attrape, c'est sûr, j'y passe : trois balles dans la caboche.

— Alors t'es tombé sur un malade pur jus, un enragé, un psychochose. Partons ! J'ai aucune envie de faire la causette avec un gugusse qui pédale pour te chercher querelle dans une purée de pois. Partons !

D'après ses couinements, la bicyclette ne se trouvait plus qu'à une portée de fusil, puis à un jet de pierre, puis à moins que ça peut-être, pourtant Gabbin ne se précipita pas. Vissé au trottoir, le nez au vent, il pensa.

« Pourquoi fuir *encore* ? Je joue à ça depuis ce matin, pour quel résultat ? »

Tiens, admettons que cette fois-ci est la bonne : il lui échappe. Parfait. L'histoire pourrait en rester là. Mais tôt ou tard, dans une ville pas si grande que ça, l'un se cognerait dans l'autre au coin d'une rue, c'est fatal. Et tout serait à refaire.

— Et si l'on considère la théorie de la roue qui tourne, la prochaine fois, ce saligaud me

prendra tout cru dans ses filets. Comme un vulgaire piaf.

À propos de filet, une idée lui vint. Ou plutôt
deux.

Pour la première, il n'avait besoin que d'une
bobine de fil et de deux réverbères. La bobine, il
l'avait. Les réverbères, ils y étaient, de part et
d'autre de la route.

Il n'attendit pas une seconde. Après avoir
enfilé un résidu de crayon 4B dans le trou de la
bobine afin d'accélérer la vitesse de déroulement,
il se dépêcha de tendre entre les poteaux tout le
fil qu'il lui restait ; fil qu'il croisa et recroisa à la
hauteur du visage d'un adulte à vélo.

— Ce brouillard, une vraie chance pour garder ma surprise au frais ! ricana-t-il, les yeux
aussi brillants que des cerises bien mûres. Il va
faire une drôle de tête, le p'tit père, quand il se
coincera le nez dans ma toile !

Il ricanait encore en se recroquevillant derrière une poubelle qui avait déjà pour locataire
un pigeon et deux rats, mais il retrouva vite son
sérieux : cette poubelle était aussi maigre que ses

trois occupants. Même en se serrant, en se tassant, épaules collées aux genoux et tête rentrée dans les épaules, une chaussure dépassait toujours ici, un coude là, plus haut une touffe de cheveux.

— Levons le camp ! pesta Birvoul entre deux tas de neige.

Sous-entendu : minable, ton poste d'observation ! Nous sommes autant à notre place ici qu'un éléphant sur un pédalo !

— Non ! Je veux le voir se ramasser un gadin.

— Si ce bouffon te rattrape, il te transforme *vraiment* en passoire ?

— En passoire, confirma Gabbin.

— Et moi aussi, tu crois ?

— Certain ! S'il devine que tu sais tout, fais ta prière car on n'a pas encore inventé le moyen d'empêcher une balle de rentrer entre les deux yeux.

— Le mufle ! J'ai idée que ça va mal finir. Pitié, partons !

— Chut, le v'là !

On redoubla d'efforts pour s'amincir. Ce fut difficile. En gros, plus on se donnait du mal pour se rapetisser, et plus ça débordait d'un peu partout.

Heureusement, le vent, d'humeur compatissante, siffla, pour les aider, une musique glaciale. Cela ressemblait un peu à une longue note tirée de ces flûtes à trois trous dont jouent les petits paysans. Aussitôt, une écharpe de brume plus grasse et moins fragile que les autres se noua magiquement tout autour de la poubelle soudain gommée du paysage.

Une seconde plus tard, le vélo déboula d'un côté, le pigeon décharné s'envola de l'autre. Les garçons immobiles entendirent bientôt : le cri d'un homme abasourdi, les zigzags affolés de la bicyclette, ses freins qui grincent d'épouvante, puis le fracas d'une belle chute. Le cycliste piégé se releva avec du mal et quelques jurons, le manteau en désordre et les idées confuses.

— Marre de marre de marre de marre ! rouspéta cette pauvre chose en pagaille.

Il fulminait autant qu'un démon entouré d'anges. Avec des gestes brusques, il se débarrassa du long fil à coudre plaqué sur ses yeux, enroulé autour de son nez, tissé d'une oreille à l'autre, avec des boucles noyées dans ses cheveux éparpillés. Au lieu de jeter ce fil de malheur aux égouts, il le contempla un moment comme il aurait contemplé, disons… les diamants de la Couronne évoqués par Birvoul.

Et il sourit en douce. Et il secoua légèrement la tête, l'air de penser : « Bravo. Tu m'as eu. Tu es le meilleur. N'en parlons plus et oublions-nous. »

Les épaules basses, le dos rond, le moral dans les chaussettes et les chaussettes en accordéon, il s'en alla en clopinant, le fil toujours dans la main et en tête le projet de héler un fiacre.

Ce qui sonna le point de départ de la seconde idée de Gabbin : passer chasseur. Pister l'ennemi intime n° 1. Le suivre à distance, accumuler les preuves contre lui. Et, surtout, gonfler la lettre de détails croustillants. À ce moment-là, il ignorait toujours l'avoir perdue.

La filature commença quand l'homme trouva son fiacre. En deux entrechats, et d'un bond bien calculé, Gabbin se cramponna au porte-bagages. Facile. Pas la première fois qu'il se faisait conduire gratuitement parmi les boyaux de la ville, ni vu ni connu. Birvoul, en revanche… Médiocre en course à pied, nul en escalade, il peina à suivre son ami. Il glissa une fois sur une rondelle de verglas, trébucha trois fois contre des pavés saillants, et, sans le secours de Gabbin, le fiacre lui aurait été aussi inaccessible qu'une portion de lune. Et ce n'était que le début des difficultés !

Sur un porte-bagages, par moins dix degrés, une course en fiacre n'a rien d'une tranquille balade. Ça cahote, ça crisse, ça s'arrête aussi brutalement que ça redémarre. Aucun coussin moelleux pour absorber les chocs… Au bord de la nausée, Gabbin regretta presque la puanteur de son tonneau, et Birvoul se languissait terriblement de son bolide adoré.

Les jambes en coton et les doigts comme des bâtons secs, ils faillirent lâcher prise lorsque la voiture fit enfin halte dans le quartier Neuf-Or, rue Belle-Bohème. L'homme descendit, balança deux pièces au cocher, qui le salua avec grand respect, enfin glissa vers le plus gros des bâtiments.

Le plus beau aussi. Celui en pierres blanches, avec un perron de huit marches et, protégeant la porte à tambour, un gardien en veste et casquette qui le salua également.

Gabbin reconnut l'immeuble, en fut tout abasourdi.

— Cette crapule retourne tranquillement chez lui, l'air de rien ! Si ça se trouve, il s'est déjà débarrassé du corps.

11

DÉTECTIVE GABBIN

L'impasse Gripsel était une vraie boîte à vent. Prisonnières de ses hauts murs, des rafales sibériennes y tournaient en rond, et Gabbin s'ennuyait ferme, tout seul, au centre de leurs pirouettes ; son bolide ayant besoin d'une intervention chirurgicale d'urgence, Birvoul l'opérait au même moment dans le garage de son père.

– J'aurais dû emporter des bougies… grogna Gabbin, assis depuis une heure entre une caisse en bois et un sac de toile. Un sac entier de bougies !

Pour se protéger des bourrasques, on peut toujours remonter le col de sa veste par-dessus les oreilles. Se frictionner les côtes, ça marche aussi. Le mieux, c'est encore de s'enrubanner sous deux cache-nez, un pour couvrir gorge et poitrine, l'autre pour réchauffer les joues.

Eh bien, même habillé à la mode des chasseurs de phoques, avec gants, bonnet sur les sourcils et plusieurs étages de laine autour du cou, il frissonnait.

— … et de grandes allumettes, baragouina-t-il en claquant des dents sous ses lèvres gercées.

Il s'imagina en craquer une pour incendier une cheminée fictive. Il la voyait. Les hautes flammes ! Les étincelles qui grouillent, sautent et s'envolent comme mille fées ! Les bûches qui chantent ! Merveilleux feu, douce chaleur…

En cette nuit glaciale, pleine d'étoiles cristallisées, Gabbin avança les mains au-dessus de la salade de braises qui n'existait que dans sa tête. C'était bon. Il fit comme si c'était bon. Jusqu'à ce qu'une rafale plus chatouilleuse que les autres le réveille, et que sa cheminée parte en fumée.

— Voire une couverture ! ajouta-t-il, de plus en plus bougon, sous une galaxie de flocons.

Au lieu des bougies, des allumettes et de la

couverture, il n'avait rapporté que le petit carnet vert et un crayon de bois en fin de vie, lilliputien, pour prendre des notes, sa mémoire étant bien moins vaste que son appétit. Et puis, il restait quelques pages vides dans le carnet.

Jeudi. Arivé ché lui à 19h. je me suis dégourdi les jambes sur son toit. Pas longtemp. La-haut, ca soufflait comme une tempète des montagnes. Puisque j'ai pa vu de la lumière, et que le ven hurlai des méchancetés dans mé zoreilles, je sui redessendu pour le guétté dici.

23h il a quité le batiman par la petite porte sur le coté, celle qui na pa de poigné. C'est louche oh oui en plus il a sauté dan un fiacre toute pressé. Zut de zut, jai pa pu le ratrapé. Il va ou ? je sai pas. jai pa pu le ratraper.

Vendredi cé encore un froua de gueux ici. Ca m'endore la tête ce froi. Ca fai que zou ! le fiacre a encore filé sous mon né. Jai couru couru pour la suivre mais cest comme atrapé un lièvre. Fo voir comment le cocher fouète le pauvre bourin. Pauvre bête. Je la plain.

Bon je recommenceré demin à me cacher comme un renar.

On y était.

Comme la veille et l'avant-veille, Gabbin épiait depuis l'impasse Gripsel cette «petite porte sur le coté, celle qui na pa de poigné», située chaussée Lumière. Il connaissait le programme par cœur. Dans une minute et des poussières, le clocher de la cathédrale annoncerait 23 heures. Au onzième tintement, la discrète porte jetterait de nouveau l'assassin dans la ville, vers son fiacre prêt à bondir. À 23 h 01, le silence redeviendrait le silence.

DING, DONG, DING… La porte s'ouvrit. Gabbin se tassa dans l'ombre de sa cachette. L'homme au manteau prune apparut, glissant un coup d'œil à droite, en coulant un autre à gauche, très vite, à la façon des fouines craintives. Rien à signaler sur la voie libre, ni gendarme, ni passant, ni garçon fouineur. Au pas de gymnastique, il rejoignit sa voiture.

– Comment que ce bourgeois va tuer le temps, cette nuit ? se demanda Gabbin en plissant ses yeux d'espion.

Pour le savoir, il s'élança vers le fiacre impatient que, hélas ! il ne toucha que du bout des cils. Manque de chance, à la sortie de l'impasse, il rentra tête la première dans l'horrible Toupin, *boum* !

— Bonsoir, l'ami ! le salua aussitôt ce monstre au sourire abîmé : trois dents jaunes, deux cariées, une qui ne repousserait jamais.

— Manquait plus que ce laideron ! soupira très fort Gabbin, car le prochain quart d'heure avec cette crapule un poil plus grand que lui, donc un poil plus costaud, promettait de faire très mal.

Accompagnant le laideron, Hogg Faubert et Tomi le Croûteux épinglèrent Gabbin. Celui-ci gigota tellement pour se libérer — des pieds, des mains, de la tête — que Toupin l'attrapa par les deux bouts de son écharpe qu'il serra, serra, serra. Au bord de l'asphyxie, maté, Gabbin s'immobilisa peu à peu.

— T'es pas dans ton quartier, morveux, mariole, macaque ! lui annonça l'autre fripouille d'une voix blessante.

Blessante à cause des consonnes taillées en

pointe, des voyelles croassées et de son haleine d'anchois faisandé. De sa gueule d'ours sortaient de gros nuages verdâtres, la couleur du jus des égouts. Nuages si gros, si lourds qu'au lieu de s'envoler ils se plantèrent au bout du nez de Gabbin, qui faillit vomir. Tournant presque de l'œil, il rêva de s'enfoncer de la mie de pain dans les oreilles et les narines.

– Minus, minable, microbe ! continua malheureusement Toupin.

Six vilaines syllabes, six nuages puants.

Hogg et Tomi l'approuvèrent d'un ricanement crétin mais, même sans mie de pain, Gabbin ne les entendit pas. Il n'entendit que la portière qui claque, un coup de fouet, un hennissement, et le fiacre qui prenait le large. Encore raté.

– Cafards, cabots, calamités ! riposta, pleura, aboya un Gabbin fou de rage.

Ce qui lui valut une de ces gifles ! La première d'une longue série. Lucide, Gabbin pronostiqua quelques belles châtaignes, une lèvre fendue, deux côtes fêlées, plusieurs phalanges en miettes. Hogg et Tomi aussi. Ils en gloussaient d'avance.

Mais quand d'une pirouette le vent siffla, souffla dans des vitres cassées comme dans les trous d'un harmonica, la sombre impasse Gripsel se transforma en sinistre boîte à musique. Une mélodie lugubre se joua, qui évoquait la profusion de grincements d'un château hanté, *brrr*. Hogg recula, mains sur les oreilles. Ce genre de bruit, ces chuintements moqueurs, c'est fantômes et compagnie, n'est-ce pas, et il n'aimait pas tellement.

Puis Tomi prit les cliquetis d'une vieille enseigne pour ceux d'une mâchoire. Qui dit mâchoire dit crâne, donc squelette... Bref, il se figea, attentif à tout ce qui pourrait lui tomber sur le dos.

Lorsqu'un tuyau fixé au mur cracha pour lui, rien que pour lui, un cumulus de vapeur en pleine figure, ce vaurien lâcha un cri ridicule. Trop strident. Trop long. Si c'était une corde, on aurait pu attraper la lune au lasso avec.

— Lavettes ! les complimenta Toupin, que les tuyaux ensorcelés n'impressionnaient pas. Ma p'tite sœur qu'a quatre ans est plus féroce que vous.

— Lavettes ! confirma Gabbin.

Et donc, paf, re-gifle.

Contrarié, Toupin se moucha du revers de la main. Il cracha un truc verdâtre, un reste de rhume mal soigné, selon Gabbin. Puis il rota *Meurs !* avant de balancer son prisonnier vers le fin fond du cul-de-sac, un endroit que la lumière ne connaissait pas.

La lumière, non, en effet. Mais Wreurch, un horrible chat hirsute avec une cicatrice sur l'œil gauche, si. Ce coin plus sombre que le néant, c'était sa tanière, son repaire à lui tout seul. Égoïste, il n'acceptait aucun locataire. Eh oui, les chats sont ainsi !

Mais on peut naître chat et avoir un caractère de chien. La preuve avec Wreurch. Si une chose l'horripilait plus qu'un seau d'eau, plus qu'une boîte de sardines inviolable, plus que les caniches bichonnés, c'était d'être troublé chez lui, dans son sommeil. Et par-dessus le marché au milieu d'un beau rêve, son préféré, celui avec des régiments de souris.

Sa réaction fut immédiate. Poils dressés, griffes

et canines sorties, œil brillant, il sauta au visage du premier venu, Gabbin. Sauf que Gabbin (lui-même un peu chat de gouttière) l'évita d'un rien. Wreurch atterrit donc sur Toupin et l'agrippa de toute la force de ses pattes avant, celles de derrière s'occupant d'égratigner avec énergie tout ce qui pouvait l'être, nez, oreilles, joues…

Et l'animal ne s'en priva pas. Plus il miaulait, griffant ici, éraflant là, plus Toupin criait au secours, et plus le sourire de Gabbin allait croissant.

Comme piqué à la fesse par un tisonnier chauffé à blanc, Toupin bondit soudain très haut, hurla très fort, retomba très loin, enfin partit vociférer ailleurs. Avec Hogg et Tomi autour de lui, catastrophés, et le chat toujours *sur* lui. C'était hilarant. Dans la rue, l'on observa d'un œil amusé ce drôle de jeune homme et son drôle de chapeau. Des dames se cachèrent derrière un mouchoir pour glousser. Quant aux messieurs, ils rirent de bon cœur derrière une panse tressautante. Et Toupin beuglait toujours.

Après ce joyeux spectacle, la bouillie d'étoiles

dans le vaste ciel tomba en averse de neige. Au milieu d'un tourbillon de flocons, Gabbin sortit son carnet et sa miette de crayon, souffla sur ses doigts gourds et nota ceci :

Samedi, maleur, autre échec. A cause de toupin. Et aussi de se fiacre qui a des zèles ma parole ! Il fau que je change mon plan.

Aussitôt dit, aussitôt fait. Il concocta un plan tout beau tout nouveau pendant le restant de la nuit. En y mettant un solide point final, il soupira comme après un souper de roi.

À propos de souper, *kreurk*, fit son estomac. Pas fatigué pour deux sous, Gabbin courut dès l'ouverture à la confiserie *Odiard et Gourmandises.* Peu de monde, dehors, entre les congères. La ville, qui avait froid de la cave au grenier, somnolait encore.

Tout faisait envie dans cette vitrine multicolore de nougats, berlingots, calissons, réglisses, guimauves, fruits fourrés et caramels durs, mous, salés, au choix.

— B'jour, m'sieur Odiard! lança Gabbin.

Il le soulagea bientôt de quatre Géantes Wholf amandes et pépites, la Rolls-Royce du chocolat. Deux pour lui, deux pour Birvoul. Ces gourmandises, qui mesuraient bien vingt-cinq centimètres de longueur chacune, avalèrent les trois quarts de sa maigre fortune mais, sans aucun doute, elles valaient le sacrifice.

Plus tard dans la matinée, la paire d'amis engloutissait ces friandises au soleil d'une bougie.

— Les meilleurs chocolats depuis la création du monde, souffla Birvoul.

Il ferma un instant les yeux pour mieux savourer la feuille de chocolat et mieux sentir les amandes croquer sous la dent, puis, la bouchée avalée, il ajouta :

— La concierge m'a prêté les journaux. Sauf qu'elle n'est pas au courant qu'elle me les a prêtés.

— Elle sait lire, c'te sorcière ?

— Faut croire. En tout cas, je les ai tous épluchés : rien ! Des meurtres, il y en a des tartines, mais pas une ligne sur le tien. Et rien non plus sur une disparition. Ton cow-boy a planqué le corps dans les règles de l'art.

— Justement, dit gravement Gabbin, si je t'ai convoqué, c'est que j'ai besoin d'un compagnon d'aventure pour débrouiller cette affaire. Sans ton aide, je serais aussi efficace qu'un tuyau d'arrosage dans le désert.

Birvoul se redressa subitement, une belle auréole noisette autour des lèvres, heureux d'être tellement utile. Immobile, concentré, l'air important, il attendit la suite.

Cette suite fut un court résumé du métier d'espion. Gabbin lui montra son carnet, lui raconta tout, depuis la barrique de vin jusqu'à cette bourrique de Toupin.

— Pourquoi l'as-tu suivi ? lui reprocha Birvoul à la fin du récit. Tu cherches les ennuis ?

— Dans l'histoire j'ai perdu la lettre, répliqua Gabbin. Tant mieux ! Soit personne ne l'aurait lue, soit personne ne l'aurait prise au sérieux. Notre parole ne vaut pas un clou rouillé, c'est vrai, donc j'ai préféré suivre l'assassin. À condition de connaître son emploi du temps, ses habi-

tudes et autres infos de ce genre, on pourrait le
piéger. Toi et moi. Peut-être même le livrer à la
police.

— Et par quel miracle, s'il te plaît ?

— Je me suis creusé le bonnet, et voici ma
conclusion : il faut l'enlever.

— Quoi donc ? Ton bonnet ?

— Mais non, patate ! Il faut organiser l'enlèvement de l'assassin. Le capturer.

— Oh là là ! Un enlèvement ? Oh là là ! s'agita
Birvoul, affolé d'avance par l'ampleur de la tâche.
Je suis trop jeune pour attraper un ulcère, et ton
projet va m'en donner un, ou même deux, c'est
sûr.

— Mais non, mais non, le rassura Gabbin, la
voix claire et le regard lumineux, solide. J'ai
réfléchi à tout. Ce criminel me donne du génie.

— Tant mieux, baragouina Birvoul tout en
pensant le contraire.

— Pour commencer, on vole le fiacre. J'ai ma
petite idée sur le moyen de l'emprunter.

— Super…

— À 23 h 01 on embarque l'air de rien mon

bonhomme, destination les entrepôts Fabert. Ces entrepôts, ils ont tellement honte d'être à l'abandon depuis des années qu'ils se cachent aux portes de la ville. Jamais personne ne traîne par là-bas, on sera tranquilles.

— Ah ? fit Birvoul, qui ne savait pas comment interpréter ce « jamais personne ».

Aller s'isoler dans un endroit déserté même par les pires canailles de la ville, était-ce vraiment une bonne idée ?

— Crois-moi, y a pas meilleure planque pour le cuisiner tranquillement.

— Pour le *cuisiner* ?

— Ouais. Comme le cochon qu'il est.

— Mais il ne se laissera jamais faire, protesta Birvoul en plantant ses canines dans sa Géante Wholf. Un assassin, tu te rends compte ? Ils sont caractériels, ces types-là !

Gabbin ricana.

— J'y ai pensé aussi. Toi, tu conduiras le fiacre. Moi, planqué dans la malle arrière, je me débrouillerai pour l'assommer.

— Avec quoi ? Tes chaussures ?

— Avec ça !

Il sortit le gourdin de sa besace et, à voix basse, demanda :

— Tu connais mon deuxième surnom ?

— Non.

— « Le Marchand de sommeil ». Parce que je peux endormir un sanglier, moi, avec ça.

Après avoir tâté l'arme, un vrai marteau, Birvoul admit que oui, en effet, un coup de ce bâton sur la caboche devait vous envoyer illico au pays des rêves.

— Le cocher aussi va avoir droit à ton somnifère maison ?

Gabbin cligna d'un œil complice.

— Grâce au fiacre, à trot normal, les entrepôts Fabert sont à dix minutes de la rue Belle-Bohème, poursuivit-il. Ça me laissera le temps de ficeler notre homme comme un rôti.

Les garçons s'agitaient à mesure que le plan prenait forme, qu'il devenait plus réel à chaque mot. Deux puces ! Le plancher craquait sous leurs fesses sautillantes. La flamme tremblait, les ombres dansaient.

— Ensuite ? s'impatienta Birvoul, pris au jeu.

— Je l'interroge. Je lui demande combien de fois il a tué, où il balance les cadavres, ce genre de trucs. S'il refuse de parler, hop, j'agite le gourdin autour de lui. Au besoin, je m'en sers là où ça fait mal. Les genoux, par exemple. C'est très sensible, les genoux. Il parlera. Toi, tu avertiras la police.

— Moi !

— Tu as une bonne bouille honnête, tu es poli… Si tu leur expliques correctement les choses, ils te croiront. Ils seront bien obligés de te croire : on n'a jamais vu un moutard se jeter dans un commissariat au milieu de la nuit et déclarer un meurtre pour blaguer.

— Pourvu que t'aies raison. J'aimerais pas qu'ils me cherchent des poux. Et mon père n'aimerait pas non plus.

— Aucune chance. Un assassin capturé, ça donne de l'avancement. Ces messieurs de la police le savent bien. Ils ne prendront pas le risque de voir s'envoler bêtement leurs galons. Au lieu de battre ton fond de culotte, ils cher-

cheront d'abord à savoir ce qui se trafique aux entrepôts Fabert. Certain ! Et quand ils sauront, on deviendra les héros de cette ville. Avec un peu de chance, on recevra une récompense chacun…

12

BIRVOUL ENDIMANCHÉ,
GABBIN PLIÉ EN QUATRE

Des dames en pelisse, manchon et toque de fourrure se promenaient rue Belle-Bohème ce soir-là, entre les théâtres et les restaurants. À leur bras, des messieurs sérieux comme des notaires, avec moustache fine, chapeau droit, tenue de gala et canne d'acajou à la main. On aurait dit une procession de magiciens raides et de princesses délicates. De beaux traîneaux blancs glissaient ici et là, qui ressemblaient à celui de la reine des neiges, et des flocons flottaient.

— Dire qu'on a failli rater ce spectacle ! maugréa Gabbin.

De rancune, il lança un regard courroucé à la

tête de Birvoul, un regard aussi douloureux qu'un uppercut.

— Quand même pas ma faute si mes parents ont ronflé avec une heure de retard, se défendit celui-ci.

— T'aurais pu t'éclipser en douce. À l'indienne.

— Impossible ! Mes parents ont des oreilles de chauve-souris.

Pour rattraper une portion de ce temps perdu, les deux justiciers en herbe avaient galopé à travers la ville, heurtant les poubelles et bousculant l'ivrogne posé de guingois contre un mur charitable. Et maintenant les voici accroupis dans l'impasse Gripsel, un genou dans le froid et la tête au vent, à guetter le bon moment pour faucher le fiacre.

— Ça sera pas de la tarte, constata Birvoul en apercevant le cocher, un molosse aussi large qu'une armoire, avec des bras comme des cuisses et dix saucisses à la place des doigts. Parole, pour l'assommer, c't'ours, il faudrait le frapper avec six matraques en même temps.

– J'l'ai jamais *vraiment* regardé, regretta Gabbin d'une voix vacillante. Je ne voyais que mon lascar.

Comprenant le défaut de son plan, il hocha tristement la tête au clair de lune. La calotte de neige sur son bonnet s'éparpilla en pluie fine.

– Au mieux, ce gros lard sentira une piqûre d'insecte… marmonna-t-il en posant un œil morne sur son gourdin de poche. Au pire, ça le chatouillera, mais sans le faire beaucoup rire.

– Lorsqu'il nous démolira la figure, on ne rigolera pas beaucoup non plus !

D'où l'idée commune de rebrousser chemin.

– C'est bien dommage, reconnut Gabbin, mais bon, mieux vaut ne pas risquer de se prendre un va-et-vient de ses paluches sur le pif !

C'est alors qu'une étoile filante signala un petit coup de pouce du destin.

Le fiacre venait à l'instant de pencher sous le poids du gros cocher tiraillé par la faim. Quand on a des épaules aussi carrées qu'un mur de prison, un cou de bison et qu'on pousse sa bedaine comme une brouette, on a l'appétit qui va avec.

D'après sa montre à gousset, deux aiguilles prisonnières d'une boîte en faux or, il avait le temps de se caler l'estomac chez le marchand de beignets, deux ruelles plus loin.

— Profitons-en pour l'alléger de son fiacre, proposa Gabbin d'un ton sérieux, sévère même, justifié par l'importance de cet *emprunt*. Mais d'abord, enfile ça !

D'un sac enterré sous une motte de neige, il sortit un manteau roulé en boule.

— Emprunté hier soir au 34 de la rue Lampion...

C'était un joli manteau gris, très chaud, qui, sur Birvoul, se transforma automatiquement en un ridicule peignoir trop grand de trois tailles.

— Ça déborde de partout ! s'en agaça-t-il.

— Boude pas et mets ça aussi !

Des boulettes de papier journal pour se faire des épaules d'homme.

— C'est obligé, ces trucs qui grattent ?

— Pour ne plus ressembler à un freluquet, oui ! Et tu poseras ces deux briques sous tes fesses pour paraître plus grand.

Enfin, Gabbin pêcha d'une rapide pirouette de la main un élégant chapeau noir sur la tête d'un petit monsieur pressé, si pressé qu'il ne s'aperçut de rien.

— Dans ce quartier, pas de cocher sans chapeau, se justifia-t-il.

D'un beau geste ample, il en coiffa Birvoul, recula aussitôt de deux pas, admira le résultat.

— Te v'là métamorphosé, l'ami ! Un gentleman !

Les deux garçons rejoignirent ensuite l'élégante voiture. L'un se glissa en catimini dans la vaste malle arrière. Empêtré dans son encombrant manteau, l'autre loupa une marche et se cogna à une lanterne dorée dont la boule de lumière vacilla dans la nuit violette, ce qui rameuta quelques étoiles curieuses de voir ça. Tandis qu'elles clignotaient, taquines, le cheval, agacé par tant de remue-ménage, gifla Birvoul d'un vif aller-retour de la queue.

— Besoin d'un mode d'emploi pour t'installer ? enragea Gabbin.

D'abord, Birvoul marmonna quelque chose à

propos d'un général Gabbin « qui n'a qu'à se débrouiller tout seul s'il n'est pas content », d'un cheval bourru et d'étoiles stupides. Il ramassa ensuite son chapeau, ravala sa colère et prit place.

– Et maintenant, je fais quoi ? bredouilla-t-il en tâtonnant les rênes d'un air ignare.

Il ajouta qu'il n'avait jamais piloté de bolide à quatre pattes, que ce bourrin paraissait plus bête qu'un âne endormi, qu'il tournerait sûrement à gauche quand faudrait filer à droite, s'arrêterait au beau milieu d'un carrefour très fréquenté, ou pire, qu'il partirait à toute vitesse par les avenues et les boulevards noirs de monde : une boule géante au milieu de milliers de quilles.

– Ça va causer du dégât !

Gabbin répondit que c'était lui, la bourrique, que les fouets ne sont pas faits pour les chiens, que, bon sang de bonsoir, ce n'était quand même pas compliqué de tirer les rênes d'un côté ou de l'autre, et que de toute façon il n'avait plus le choix.

– Ou tu te débrouilles pour démarrer au triple

galop, ou le cocher nous attrapera par les oreilles avant de nous envoyer valser loin loin loin ! On braillera tellement que, nous aussi, on cassera les oreilles des autres !

Sauf qu'à mi-réplique, catastrophe, le tueur du quartier Neuf-Or apparut avec un quart d'heure d'avance sur son horaire habituel. Gabbin l'aperçut heureusement du coin de l'œil et plongea de toute urgence dans la malle.

Le manteau enfilé d'une manche, l'écharpe dénouée, le cheveu en bataille, l'homme se précipita vers l'agréable tiédeur de son fiacre. Il passa devant la malle sans la regarder, sans se douter de rien. Tout en posant un soulier verni sur le marchepied de la voiture, il envoya :

– En route, Godrik !

Puis il se jeta à l'intérieur du véhicule, où l'attendaient des coussins moelleux.

Sa voix n'ayant pas mué à l'instant, Birvoul hocha lentement la tête. C'est ainsi que les cochers répondent « À vos ordres, monsieur », non ?

Après une courte prière (de son invention, n'en connaissant pas d'autre), il prit les rênes d'une main, le fouet de l'autre et son courage des deux. Il avait chaud, il avait froid, il avait bien envie de fuir. Si on ne lui avait pas promis les honneurs de la ville et une caisse pleine de barres Wholf… Mais on les lui avait promis, alors il murmura :

— Avance, bougre d'âne !

Est-ce parce qu'on le comparait à un âne que le cheval décida de se buter ?

— Par pitié, bouge ! gémit en douce le cocher amateur.

Dix fois susceptible, dix fois en colère, de fort mauvaise humeur, l'animal baissa les oreilles et frappa l'un de ses fers contre les pavés, façon à lui de dire « Cher ami, désolé, mais dans ces conditions insultantes je n'avancerai pas d'un centimètre. »

Sans grand espoir, et sans résultat, Birvoul chatouilla du bout du fouet la crinière sombre du cheval, dit *hue* et puis *dia*, lui garantit un sucre s'il obéissait. Sans résultat, donc : l'espèce de mulet poussa un hennissement moqueur, c'est tout. Humilié par un mangeur de foin, Birvoul rougit.

— Godrik, j'ai dit : en route !

L'assassin s'impatientait, Birvoul aussi. Gabbin encore plus. Mais en prévision de cette panne de cheval, il avait rapporté du magasin de jouets un beau souvenir utile. Un pétard. Qu'il lança entre les quatre fers du « bougre d'âne ». Il compta un, deux… À trois, un immense soleil orange tourbillonna sous le ventre de l'animal ressuscité, lequel répondit à cette explosion par un démarrage en catastrophe.

Loin derrière, le véritable cocher hurlait « Au voleur ! », deux gros beignets dans chaque main, et la moitié d'un autre dans le bec.

13

LE FABERT-EXPRESS

Le fiacre quitta vite le quartier Neuf-Or, ses riches maisons, ses belles lumières, et cahota au petit trot vers une nouvelle aventure.

– J'ai bien cru que ça n'en finirait jamais… râla l'assassin.

D'un geste las, il s'épongea le front avec un mouchoir plus blanc que l'habit d'un saint.

– Vous savez quoi, Godrik ? Tout à l'heure, revolver en main, j'ai repensé à ce garçon aperçu l'autre soir : la créature des toits.

Cette confidence bouleversa Birvoul.

« Ce glouton de cocher est donc le complice de ce sanguinaire… Oh là là ! » songea-t-il tandis que le cheval tournait par malice d'un pouce sur la gauche, vers le quartier Craquetare, obscure tanière de la bande à Toupin. Troublé par cette accablante histoire de cocher, Birvoul oublia de tirer la bride du côté opposé, et le cheval blagueur s'enfonça tête haute dans ce noir labyrinthe.

— Aïe ! Aïe ! Aïe ! fit le pauvre garçon, qui jamais, ô jamais, n'aurait songé à se promener dans ce vilain lacis de ruelles peuplées, croyait-il, de voleurs sans gêne et de loups sans muselière. Aïe ! Aïe ! Aïe ! dit-il encore en estimant la largeur de la rue, hélas trop étroite pour qu'un fiacre tiré par un cheval crétin puisse opérer un demi-tour en urgence. Il fallait donc avancer dans la peur et le chagrin.

Les étoiles, tout à l'heure si brillantes, reculèrent soudain tout au fond de la nuit.

Seulement éclairée par quelques éclats de lumière pâle, la voiture fila néanmoins aussi vite qu'un rat d'un caniveau à l'autre, d'une maison à la suivante.

— Ma parole, ce cheval a des yeux de chat ! baragouina Birvoul sur cette route du danger.

Au passage du fiacre, une fenêtre peureuse se referma précipitamment, une clé pirouetta trois fois dans sa serrure, des ombres vagabondèrent. Tout à son récit, l'homme au manteau prune ne s'aperçut de rien. D'une voix puissante il poursuivit :

— Dieu seul sait ce que je ferais si je le rencontrais à nouveau...

Dans la malle, Gabbin tressauta.

— Avez-vous entendu cela ? interrogea aussitôt l'homme, l'oreille tendue et le sourcil relevé. J'ai l'impression que...

Dévoré d'angoisse, Birvoul poussa un bref grognement qui signifiait, au choix · « Non, rien entendu » ou « De quoi je me mêle ? »

— Godrik, arrêtez la voiture ! Je veux vérifier quelque chose.

Arrêter la voiture ici, chez Toupin et compagnie, pas question ! La mâchoire tremblante, Birvoul fit claquer son fouet. Le cheval n'accéléra certes pas, mais il ne ralentit pas non plus.

— GOOOODRIK ! tempêta l'assassin, fâché que l'on ignore ses ordres.

Ce morceau de cor fut toutefois sans effet, Birvoul faisant la sourde oreille. Aussi l'homme passa-t-il la tête dehors pour mieux articuler son étonnement, mais l'ambiance de ce maudit quartier ratatina d'un coup sa langue. Il s'attendait si peu à voir des serpents de brume dignes d'un cimetière ramper au ras du sol, entre des lampadaires éteints, sous une lune de loup-garou, et accompagnés de sons glaçants. Portes et volets qui claquent… Grincements d'escaliers… Musique de chaînes rouillées, grondements… C'était le pays de l'angoisse, et même l'assassin se surprit à frissonner.

Ces bruits lugubres venaient en fait d'une chouette idée de Mario Graminé pour apeurer les poltrons des quartiers adverses : suspendre des guenilles de fer d'un bout à l'autre de la sinistre rue Menterie. C'était efficace. Petites cloches fêlées, grappes de grelots cabossés, guirlandes de boîtes de conserve, harpes éoliennes habilement tordues : tout cela tintait, sifflait, chantait de drôles de plaintes, des *hou-hou* de fantômes, le cri du hibou furieux. Impossible de les évoquer sans le poil qui se hérisse. Tous ensemble, ces instruments jouaient la symphonie du cauchemar !

– Godrik, pourquoi diable sommes-nous ici ? s'inquiéta l'homme dans une cacophonie de tristes flûtes.

Le cœur de Birvoul, une grenouille, bondit douloureusement dans sa poitrine. Et la voiture bondit de quinze centimètres à cause d'un pavé à moitié déterré.

– Zut ! lâcha-t-il.

– Bordel ! pesta le tueur, ballotté d'avant en arrière, peu habitué à voyager sur quatre méchants ressorts.

– Ouille ! cria la malle.

Birvoul l'entendit, donc son passager également. Mauvaise nouvelle. Situation critique.

Au comble du désespoir, il imagina une suite terrible, le manteau prune cachant certainement des quantités d'armes, couteau, pistolet, pic à glace... Il cachait aussi un cœur entouré de ronces, pointu de partout, sans une once de bonté. Quand on a un cœur pareil, avec une âme aussi sale qu'un tas de fumier, tirer dans le dos d'un enfant, ce n'est guère un problème : c'est la routine. Alors, la tête à moitié enterrée dans ses épaules contractées, Birvoul fit la plus belle grimace de toute sa vie.

— S'il renifle le piège, je suis fini.

Poussé par une inquiétude plus grande que la Chine, il marmonna une nouvelle prière de son invention en attendant la détonation qui briserait en deux sa colonne vertébrale, ou le poignard qui lui ouvrirait la gorge. Ses lèvres remuaient à peine. Il aurait fallu porter trois monocles bien astiqués pour les voir bouger.

— Est-ce une farce, Godrik ? s'emporta le passager, son poing levé assez haut pour assommer un nuage. Allez-vous enfin me…

Soudain, un gros POC. Puis le bruit d'un corps qui s'écroule sur la banquette en velours. Puis plus rien. Le silence, dedans. Birvoul n'osa pas se retourner

— Le Marchand de sommeil a encore frappé ! hurla gaiement Gabbin, debout dans la malle ouverte, sa matraque à la main. En plein dans sa vilaine tête !

Mais lui-même faillit tomber en arrière quand le cheval stoppa net devant Anatole Crumpi, Antoine Briard et Baltazar Boulrot.

Birvoul hoqueta de surprise en reconnaissant cet échantillon de la féroce bande à Toupin. Armés de bâtons de berger, de manches à balai (sans le balai) et de barres de fer, ils allaient certainement le détrousser d'abord, le rouer de coups ensuite, peut-être même le suspendre à côté des harpes, pourquoi pas?

— Quiconque passe chez nous doit payer la taxe! grogna Antoine Briard à la façon d'un Barbe-Noire colérique ou d'un Robin des bois de mauvais poil.

Au lieu d'ajouter: «Ou tu paies ou t'es mort!», l'évidence même, il faucha la nuit avec son arme.

Comme Birvoul secouait brièvement la tête (un frisson de trouille ainsi traduit: «Non, pas question!»), Crumpi l'informa tout de même de ceci:

— Paie, verrue en chapeau, ou bien on te tranche un doigt. Un pouce en moins, ça rend généreux.

Boulrot applaudit ce plan barbare. Un pouce en moins, idée réjouissante. Il avait presque envie que Birvoul ne paie pas. De plus en plus pétrifié, celui-ci appela son ange gardien au secours. Chose incroyable, son ange gardien répondit. Il avait la voix claire de Gabbin et il clama :

— On n'a rien à vous donner, tas de bouffons. Laissez-nous passer ou bien je sors de mes gonds !

Rien, en effet. À part une démonstration du Méga Pulsa-balles, second souvenir soustrait au magasin de jouets. La vue de cette arme en plastique fit beaucoup rire au début.

Tous les garçons du monde adoraient ce drôle d'engin, mélange réussi d'un inoffensif fusil à fléchettes et d'un puissant bazooka. Cette sorte de canon portatif vous expédiait en rafales sévères des balles molles sur environ dix mètres, une trop courte distance au goût de Gabbin, et qu'il avait donc doublée en remplaçant les ressorts et les élastiques d'origine par les siens, plus costauds, grappillés chez Falbalar. Les balles crachées ne faisaient pas très mal, c'est vrai, encore que, mais lancées à toute vitesse, l'effet de surprise était assuré.

«Pitié!», «Non, pas ça!», «Nous tue pas avec ton joujou!» supplièrent Crumpi, Briard et Boulrot d'une voix de crécelle, pour de faux, en cachant leur visage moqueur derrière un bras replié.

Impatient de s'amuser, Gabbin les mit en joue. Boulrot mima alors une peur intense, genre môme terrorisé par un horrible troll. Incapables de garder leur sérieux, Briard et Crumpi s'esclaffèrent dans la nuit gelée. Gabbin leur cloua le bec en écrasant la gâchette. Aussitôt, une longue salve de boulets de canon s'éparpilla à un rythme dingue vers ces trois canailles stupéfaites, lesquelles cessèrent de rire comme les cigales cessent de chanter, d'un seul coup.

Car les balles volèrent dans tous les sens à un rythme fou.

Car Boulrot, le premier à être martelé, eut l'impression de recevoir en pleine figure une série d'uppercuts, petits mais sans tendresse, et interminables, et étourdissants

Car ses compagnons encaissèrent chacun une pareille dose avec des cris déchirants, l'un pile dans le nez (une sorte de navet fané), l'autre dans le ventre et la poitrine.

Ça ne leur fit pas du bien. Birvoul en pleura presque de joie.

À peine touché, déjà étourdi, Crumpi flageola. Frappé au crâne (vide, le crâne), il s'écroula dans une motte de neige tellement affamée qu'elle lui mangea la moitié du corps.

Briard lui tomba bientôt dessus, suivi de peu par Boulrot. Cela fit *SCHPLAF, POF* et *OUILLE*, le bruit de la reddition.

— La prochaine fois, ma machine, je la gaverai de cailloux ! les avertit Gabbin. Avec les dix mille bosses qu'il vous poussera, vous triplerez de volume !

Il ne blaguait pas. Il connaissait, hors de la ville, un endroit avec un océan de pierres, des rondes, des plates et des pointues.

— Z'ont eu leur compte, filons !

D'un moulinet du fouet, Birvoul ordonna au cheval d'avancer. Soit par attachement à son nouveau maître, soit par crainte d'une nouvelle pétarade entre ses pattes, l'animal fila sans rechigner vers les entrepôts Fabert!

14
DANS LE VENTRE DU VIEIL ÉLÉPHANT

Les entrepôts Fabert, c'était une poignée de bâtiments à l'abandon. Rouillés, troués, mi-ruines, mi-châteaux de sable… Un jour ou l'autre, ces vastes loques de ciment s'écrouleraient d'un seul coup, en faisant un énorme champignon de poussière. Ce risque rebutait même les plus pauvres chiffonniers. Ils ne s'aventuraient plus jamais dans le coin, préférant prospecter ailleurs. De toute façon, que trouver ici, entre les gravats et les cartons moisis ? Pour y cacher un otage, en revanche…

En deux coups de fouet et trois tours de

roues, le fiacre s'engouffra à l'intérieur du Vieil Éléphant, une bâtisse grisâtre plantée dans l'épaisseur de la nuit. Un reste de blizzard suivit qui, d'une virevolte, fit meugler tout l'édifice. Ce sinistre *Mmmmm* résonna longuement entre les quatre murs, et plus longuement encore dans les oreilles de Birvoul, intimidé.

— Si un spectre nous attaque, je te préviens, je te le laisse. Je lui dirai que c'était ton idée, de venir ici...

— Idiot! le réprimanda Gabbin. Les spectres, c'est un truc inventé pour faire de chaque Birvoul une chiffe molle. Et je vois que ça marche. Au lieu de claquer des mâchoires, aide-moi plutôt à descendre mon lascar.

Sur une chaise apportée la veille, on ficela fermement le prisonnier avec beaucoup de crainte, beaucoup de peine, beaucoup de corde. Birvoul s'occupa des nœuds, et Gabbin de surveiller l'homme de très près, un trognon de bougie à la main, comme s'il cherchait des poux sur la tête d'un enfant. Entre deux boucles, Birvoul lui jetait de rapides coups d'œil. Influencé par les récits de Gabbin, il l'avait toujours imaginé avec une tête d'ogre toute chiffonnée de rides, une pour chaque meurtre, une pour chaque crime commis, un sacré tas! Ses yeux, à force de voir le sang couler, ne pouvaient être que vermeils. Quant à sa bouche posée sur un menton carré, elle affectait sûrement une grimace permanente, sauf lorsqu'il appuyait sur la gâchette de son revolver, le seul moment où s'illuminait son détestable sourire.

En vérité, de près, il était l'exact contraire. Birvoul devinait, dans l'ovale de son visage, sous une couronne de cils bleutés, des yeux en amande, à la fois beaux et bons. Deux jolies fossettes roses entouraient un nez fin et droit, sans trou ni bosse, ni rouge ni sale, lequel glissait vers des babines d'ange. Ses dents pas plus grandes que des perles en avaient aussi la couleur et, bref, Birvoul ne trouva en toute honnêteté rien de mauvais dans cette charmante physionomie. Gabbin, si. « Méfiance, pensa-t-il en faisant pleuvoir quelques gouttes de cire sur le sol, avant d'y planter la petite bougie et son fil de lumière. Les loups déguisés en agneaux, ça existe, on en trouve des meutes entières dans les journaux. »

— J'espère que la chaise résistera, s'inquiéta-t-il soudain, la chaise venant de chez Falbalar. Si jamais elle est moisie dedans…

— L'animal est donc si costaud que ça ?

— Quand il tue, parole, il ressemble à ces ours énormes qu'ont des griffes comme des scalpels. Tu sais que les ours t'ouvrent le ventre d'un seul coup de patte ?

Birvoul l'ignorait et c'était très bien ainsi. Pas vraiment pressé d'être éventré, il ajouta par précaution cinq tours de corde terminés par de triples nœuds de sûreté autour de la poitrine, des chevilles et des poignets.

— Et maintenant ? marmonna-t-il, un large pas derrière Gabbin.

— Fonce prévenir un agent !

Trop content de mettre les voiles, Birvoul envoya valser son lourd manteau mais pas le chapeau grand luxe.

— Il me va comme un gant, je le garde !

Son ombre glissait déjà vers la sortie lorsque le captif se réveilla. Brutalement. En écarquillant d'immenses yeux de chouette. En grondant tel l'ours évoqué par Gabbin. Simple réflexe de colère. Ça se comprend, quand on se croit invincible, entièrement libre, le prince du peuple assassin, et qu'on se retrouve au bout du compte ligoté comme un rôti dans un ample dépotoir. C'est humiliant.

— Il y a quelqu'un ? murmura-t-il. Où suis-je ? gémit-il. Que me voulez-vous ?

Pas une question ne trouva réponse. Par dépit, l'homme se rebiffa. Hargneux, il jeta à la ronde des regards étranges. Il hurla, cracha, remua, et sa chaise plus en colère que lui martela le sol. Avec le jeu des échos, de terribles roulements de tambour voltigèrent dans le ventre du Vieil Éléphant, puis dans celui de Gabbin, qui tressauta. Monté sur ressorts, Birvoul le dépassa d'une belle hauteur. Un bond superbe. Il faillit sortir de ses chaussures à la façon de ces personnages de dessins animés saisis d'effroi. S'il resta soudé à ses souliers, en revanche son chapeau roula loin de sa caboche. Il pirouetta, sur un vaste tapis de poussière, vers le fou furieux.

« Pas question de le récupérer dans l'immédiat ! » songea Birvoul, préférant se coller à son ami, bras contre bras, épaule contre épaule, pour se donner l'illusion de la force et du courage. Et il en fallait des tonnes face à ce diable à la voix de contrebasse. Et quelle voix ! Puissante ! Ailée ! Capable de faire frissonner la charpente, les murs, le moindre os des deux garçons.

— Me sens pas bien du tout, marmotta Birvoul. Mes jambes, c'est des nouilles.

Il partit alors au galop vers cette idée fixe : fuir tant que c'est possible, ne jamais revenir et profiter de la vie.

— Cesse de faire la chochotte ! conseilla Gabbin, pas beaucoup plus vaillant mais moins pleurnichard.

Et l'autre qui vociférait de plus belle !

« S'il continue ce tintouin, nos oreilles vont se briser en dix morceaux, la chaise aussi, ses liens se dénoueront, et nous, là-dedans… »

Il chassa ce vilain scénario de son esprit aussi

vite que le calme remplace la tempête : l'otage fatigua. Il cessa de grogner, la chaise cessa de cogner, et Birvoul cessa de se comparer à un plat de pâtes.

Lèvres pincées, sourcils méchamment rabattus, l'homme fouilla la nuit dévorante sans rien trouver, ou presque. Deux paires de clous d'argent clignotaient par là-bas. Des rats ? Des chouettes ? Non, bien sûr, car quelqu'un claquait des dents tout près des yeux. Un autre chuchotait. Qui et pourquoi ? Si ses ravisseurs s'approchaient du minuscule halo, il verrait peut-être, il saurait. Mais personne ne venait, « sans doute parce que je dois sembler méchant comme la gale ».

Alors il décida de s'y prendre autrement. Parmi les quelques idées qui lui traversèrent l'esprit, l'une d'elles courut plus vite qu'une autruche, distança les autres, lui conseilla de jouer la carte de la douceur. Ce grand rusé donna donc à sa voix de dragon des accents angéliques fort bien dosés.

– Que *me* voulez-vous ? S'il vous plaît, répondez-moi ! On peut parler, vous savez…

Ah! cette voix… On l'aurait dite parfumée à la violette, à la rose. Princesses et sirènes ont sûrement la même haleine et le même timbre.

« Manquerait plus qu'on parlemente ! » résista pourtant Gabbin, insensible à cette gentillesse en toc. Là, tout de suite, il l'aurait volontiers attaqué avec des mots plus grands que sa matraque, des qui font mal, mais ces mots coups de poing, il ne les connaissait pas. Et surtout, les réciter convenablement, avec force, il n'aurait pas su. Alors il se tut. L'autre insista, pour rien.

Ce mélange de grand silence et de ténèbres désespéra le prisonnier. Anéanti, en panne sèche d'idées brillantes, très seul dans la nuit noire, il secoua fortement la tête, assez pour que s'entrouvre le haut de son manteau et qu'il apparaisse enfin dans toute sa splendeur.

Beau comme un comte autrichien, il portait dessous un habit de gala flambant neuf, couleur chocolat intense, avec un gilet à très fines rayures grises, un nœud papillon rouge sang assorti à la pochette et, glissée à l'intérieur du gilet, une montre qui ressemblait à un petit soleil d'or. Le costume, les souliers trois fois vernis, la montre étincelante… pas vraiment l'accoutrement d'un tireur d'élite !

Intrigué par ce boucher déguisé en monsieur prestigieux, Birvoul trottina un peu vers lui. Au passage, il récupéra son couvre-chef.

Il en coiffa sa tignasse tandis que Gabbin grattouillait la sienne, pensif. Quelque chose peut-être clochait, mais quoi ?

– Oh… et puis zut !

Ce moment d'hésitation dura ce que dure le sourire d'un bambin : enfin là que déjà fini. Ce bel habit de gentleman ne devait surtout pas le duper. Bien résolu à envoyer le tueur au bagne, il se ressaisit.

– Quelle élégance ! siffla-t-il en glissant devant Birvoul.

Pile dans un éclat de lumière, il planta un regard de vipère dans celui du prisonnier.

Lequel répondit par un regard jumeau. Il l'enfonça en Gabbin comme un pique-feu dans de la cendre. N'ayant pas prévu ce coup, Gabbin faillit reculer mais, transi, n'en fit rien

A un saut de criquet l'un de l'autre, ils s'auscultèrent avec une précision chirurgicale. En silence. Sans bouger. Pendant une brouette de secondes. Gabbin n'en menait pas large. Birvoul trouva le temps infini. En face, le prisonnier se troubla. Son cœur, ce machin supposé être dur et sec, s'emplit soudain d'un bonheur immense. Ses prunelles ardentes s'éteignirent, bientôt remplacées par deux billes de velours. Et quand il murmura : « C'est toi, Gabbin ? » d'une voix plus fragile qu'un filament de brume, on pouvait penser que, oui, quelque chose peut-être clochait.

15

OSCAR GRINT ENTRE EN SCÈNE

Et dire que Gabbin avait galopé par un temps de pingouin dans toute la ville, du nord au sud et de droite à gauche, sans manquer de tonus, et sans perdre son souffle! En revanche, d'entendre l'autre canaille scander son prénom, *paf,* voilà que son corps devenait moitié coton, moitié chiffon. Il y avait de quoi perdre la tête!

– Comment que tu connais *mon* prénom? l'interrogea-t-il dès que son corps de poupée eut retrouvé un atome de vigueur.

C'est-à-dire après être passé par toutes les couleurs de la surprise. Mais juste avant de brandir haut sa matraque.

— Répondez où je vous caresse à nouveau avec ça ! La citrouille en purée, que vous aurez ! En purée !

— Pfff… fit le sale type, un sourire en coin. Il est évident que tu veux des réponses. Assommé, je te servirai à quoi ?

Gabbin ne se laissa pas démonter.

— Parole, je vous battrai comme du blé rien que pour le plaisir, jusqu'à ce que, les os en miettes, on puisse vous ranger dans une boîte à chaussures. Et cette boîte, moi, je l'enterre dans un tas de purin et je vous oublie !

— Cela demande effectivement réflexion, osa répondre le monsieur avec nonchalance.

S'il avait eu les mains libres, il aurait allumé une cigarette et soufflé trois ronds de fumée avant de ricaner car le coup des os en confettis, il n'y croyait pas davantage qu'aux soucoupes volantes sur Mars.

— Réponds ! s'impatienta Gabbin.

De colère noire, il l'attrapa par les épaules, qu'il secoua énergiquement.

Pas vraiment flasques, pas tellement dodues,

les joues du prisonnier ballotté d'avant en arrière et d'arrière en avant, encore et encore, de plus en plus fort, gigotèrent néanmoins comme deux louches de gelée. Pour mieux voir l'intéressant spectacle, Birvoul exécuta un joli pas de valse sur le côté car la toute-puissance de son ami le rassurait un peu, mais bientôt son pas de danse se rouilla.

Pensant à ces chiens qui attaquent à force d'avoir reçu trop de coups de bâton, brusquement il s'inquiéta. Provoquer l'otage, cela ne décuplerait-il pas sa rage, donc ses forces, donc ses chances de réduire la chaise en charpie? Et après la chaise, *eux*? Effrayé par ce possible retournement de situation, il opéra un demi-tour en catastrophe et se planta trois bons mètres derrière Gabbin, d'où il ne bougea plus.

« Tout bien réfléchi, quatre mètres, c'est plus raisonnable. »

— J'ai mené ma petite enquête, admit heureusement l'homme entre deux secousses, qui du coup cessèrent net. D'ailleurs, *merci*.

— Merci? hasarda Gabbin en se curant

l'oreille, sûr et certain d'avoir mal entendu.
Merci de quoi ?

– D'être tellement célèbre dans le quartier,
pardi !

– N'importe quoi ! réagit la « célébrité »,
après une petite seconde de flottement. D'abord,
votre enquête, c'est de la blague : je n'y crois pas.
Dans les parages, seul Birvoul me connaît bien.
Pour le reste du monde, je suis un courant d'air.

– Alors j'ai dû me tromper, « Ouistiti des
toits… »

Comme sous l'effet d'un abracadabra réussi,
Gabbin s'adoucit d'un seul coup.

– Célèbre, moi ?

Il bomba un peu le torse, il releva un peu le
menton. Un début de sourire niais grignota son
air bourru.

L'homme affirma que oui, célèbre.

Très surpris, très fier, et plus fier que surpris,
Gabbin poussa un *Ah !* ravi, long comme un boa,
ce qui énerva franchement Birvoul. En quelques
bonds, et la pointe du coude enfoncée dans les
côtes de ce jeune prétentieux, il lui remit avec

succès les idées en place. Le sourire incongru retourna dans sa niche, et Gabbin retourna à sa colère. Un peu. Décidément malin, l'homme l'empêcha d'y retourner *totalement*. D'une voix séduisante, coulant un regard onctueux, il relança vite la conversation.

— Pourquoi as-tu fui l'autre jour, sur le chemin Rose-Pavé ?

— Parce que vous êtes un sanguinaire, pardi !

— Un sanguinaire… soupira le prisonnier en fronçant les sourcils, l'air de ne pas comprendre.

D'après lui, un malentendu de la taille du *Titanic* s'était glissé dans cette histoire, mais lequel ? Il allait demander sur-le-champ des explications. Gabbin le dépassa d'une courte syllabe.

— Je sais *tout,* alors arrête ta *comédie* ! clamat-il, si fort que sa voix rebondit quatre fois entre les tôles du Vieil Éléphant. Le revolver, les coups de feu, la femme tuée chez vous, rue Belle-Bohème, tout ! Et que vous m'avez vu ! Et que maintenant vous voulez me supprimer, crapule ! Je ne coûte peut-être pas cher, mais le peu que je vaux, bas les pattes !

Voilà, c'était dit. Échauffé, Gabbin respirait maintenant par saccades. L'émotion lui brassait les sangs, lui donnait un teint de viande de bœuf, et son pouls galopait comme jamais.

Birvoul resta prudemment à l'écart, et Gabbin sur le qui-vive. Un crime avec des témoins, c'est assurément un crime puni, c'est-à-dire prison à vie ou pendaison, et cela justifie une tentative d'évasion.

«S'il tente de défaire ses liens, je l'endors fissa!» se jura Gabbin, sa matraque bien en main, prête à jouer son rôle de somnifère. Mais monsieur l'assassin se précipita à la surprise générale vers le silence et la tranquillité. On s'attendait à tout de sa part, à de la hargne, à de la rage, à de la folie, mais pas à une figure d'ange innocent. Et quand il laissa son silence s'effriter, ce fut pour pousser un soupir paisible, rassuré, en réalité la toute première note d'un long, long éclat de rire. Cela jaillit de sa gorge comme une fontaine trop longtemps bouchée, et cela monta droit au plafond : le meilleur chemin pour contrarier Gabbin. Sans le toit, le rire serait allé jusqu'aux étoiles.

— Je lui balance ses quatre vérités, il a presque les menottes aux poignets, sa place garantie dans un cachot humide, entre les rats et la moisissure, et v'là qu'il se gondole sur sa chaise ! Au lieu d'implorer ma pitié, il se GON-DO-LE ! L'est timbré !

Un avis que Birvoul ne partageait pas.

— Et si ce drôle de coco avait un plan de secours ? interrogea-t-il dans un murmure inquiet. Prudence…

Sauf que le bienheureux captif n'avait aucun plan de secours, ni même un dé à coudre de malveillance.

— Le coco n'est pas plus fou qu'un autre, déclara-t-il avec bonne humeur, et sûrement moins dangereux que vous, je vous le certifie ! Laissez-moi vous expliquer.

— Tu t'expliqueras au poste ! rétorqua l'implacable Gabbin.

Il ajouta dans un ricanement que les fêlés dans son genre, on les soignait dans un cul de basse-fosse avec un boulet à la cheville, et même deux boulets, qu'il n'était pas près de revoir le soleil, et son cher revolver, que la ville se porterait mieux sans lui, qu'à sa sortie il serait un vieux pépère sans cheveux ni dents, tant pis pour lui, non mais !

L'homme ne releva pas. Il haussa les épaules puis la voix et dit :

— Apprenez seulement que le bâtiment de la rue Belle-Bohème n'est pas un immeuble ordinaire : c'est un théâtre. Je n'y habite pas, j'y travaille. Je suis acteur, retenez-le. Et la dame assassinée par mes soins, une actrice. C'est la vérité. Je la « descends » chaque soir à la fin du premier acte, six jours sur sept, depuis quatre mois. Ma partenaire — elle se nomme Marlène — meurt sur scène mais ressuscite en coulisses. Je joue à la tuer, elle joue à mourir. Six jours sur sept. Cette pièce a beaucoup de succès. Mon nom est Oscar Grint.

Chamboulé, Gabbin en oublia le sien. Un grand froid gela ses côtes et paralysa son dos. En même temps, une honte énorme brûla ses joues. Il avait chaud, il était glacé, ça n'allait pas. La langue plus sèche qu'un caillou dans le désert, les pensées entortillées, il bredouilla :

— Je suis, pardon, terriblement désolé de…
navré pour tout le mal que… vraiment troublé
je suis, mille fois honteux et confus et…

… et un affreux doute interrompit brutalement cette ribambelle d'excuses.

Gabbin réfléchit.

« Et si ce roublard me jouait *maintenant* la
comédie ! Si ça se trouve, il est autant acteur pro-
fessionnel que moi ministre des Finances ! »

Cette explication bien commode qui transformait six jours sur sept un assassin en honnête
citoyen, il y croyait de moins en moins. Repre-
nant contenance, il remit donc à plus tard de libérer l'otage. Birvoul, étonné, demanda pourquoi.

— Excellente question ! réagit avec fougue le
comédien.

— Merci, lui répondit Birvoul.

— De rien, jeune homme.

— Silence ! s'irrita Gabbin, tapant du pied et
serrant les poings.

Impitoyable juge, il ajouta :

— *J'affirme* que vous êtes un menteur et un
truqueur ! Je vous croirai quand des billets de

banque tomberont des arbres. Des billets de banque ou une preuve *irréfutable*.

Magie du hasard, le vent lui en souffla une. Cette solide preuve, une fragile feuille de papier journal, s'approcha timidement, avançant, reculant, hésitant entre cinquante chemins. Finalement, le vent attrapa ce papillon noir et blanc qu'il planta presto sur le nez de Gabbin.

— Saleté de torchon ! rouspéta celui-ci par réflexe, à cause des larges feuilles étalées sur ses paupières, ses pommettes, ses joues.

Et puis... il lut le gros titre humide qui lui barrait les yeux. Après le titre déroutant, il dévora l'article, et il comprit : ce papier était venu jusqu'à lui pour que cesse une injustice.

OSCAR GRINT RÉCOMPENSÉ

Une réception exceptionnelle sera donnée la semaine prochaine en l'honneur du célèbre comédien qui triomphe en ce moment dans la pièce LE CHAT ET LE CAMÉLÉON. *À cette occasion, le prix Charlie-Lumen lui sera remis dans la salle des fêtes de l'hôtel de ville...*

En dessous brillait une date, et sous la date la photo de l'acteur. Gabbin loucha longtemps dessus. Sa confusion gonfla encore, bientôt plus grosse qu'un zeppelin.

— Et moi qui vous souhaitais un cul de basse-fosse… bredouilla-t-il, plus raide que les couloirs de Buckingham.

À l'inverse des zeppelins, ces ballons de rugby géants qui se perdent dans les nuages, Gabbin aurait voulu creuser un trou bien profond pour demander asile à une famille de taupes, afin d'y cacher toute sa gêne. Puisque creuser un trou, non, impossible, il se racla cinq fois la gorge pour parler. Sans cela, même les mots les plus simples, les petits à une ou deux syllabes, seraient sortis de sa bouche en mauvais état, hachés par un trac aux dents longues.

— La réception avait lieu… ce soir ! trembla-t-il, dans l'embarras jusqu'au cou. À cause de nous, vous l'avez *ratée*…

Ce dernier mot se présenta tout tordu, brisé par un trémolo dans la voix.

Au lieu de s'emporter, de hurler : « Oui, à

cause de *vous*, vagabonds, vauriens, vermines!»,
Oscar Grint se montra grand et bon.

– J'étais furieux mais je ne le suis plus,
avoua-t-il. J'ai compris que vous vouliez venger
Marlène. C'est admirable. Vous êtes des chevaliers, des… héros! Votre conduite, sincèrement,
mérite la médaille du courage.

Compliment qui tomba pile dans l'oreille de
Birvoul.

– Une en or? supposa-t-il avec un éclat du
même métal au fond des yeux.

– Et un ruban de soie. Très large. Rouge passion.

Flattés à bonne dose, les garçons s'empour-
prèrent. L'un ressembla bientôt à une pivoine en
écharpe, l'autre à un coquelicot en chapeau.
Dans le faible halo de la bougie, ce petit bouquet
d'amis se demanda quelle taille aurait cette
fameuse médaille des courageux.

16

QUELQUE PART, UN MOIS PLUS TÔT

Libérer le prisonnier ne fut pas une mince affaire, à cause des triples nœuds signés Birvoul. Pour les défaire, il tira de toutes ses forces sur ces boucles serrées, et il tira la langue. Il ne s'en sortait pas.

— Mais alors, pourquoi m'avoir poursuivi sur des kilomètres de pavés ? demanda pendant ce temps Gabbin.

— Pour deux raisons. La première, parce que tu m'as cambriolé, pour de vrai, il y a environ un mois.

Gabbin ne chercha pas à nier. Il ne s'excusa pas non plus.

— Quelle adresse ?

Oscar la lui donna. Gabbin se souvint aussitôt d'une petite fenêtre carrée sous un ciel bleu de Prusse. D'un assez vaste appartement (six pièces, deux chambres d'amis, trois placards). De quelques articles intéressants : un tableau accroché au mur, un vase dans l'encoignure, des verres en cristal oubliés sur le marbre d'une console, des chandeliers en argent. Estimation faite, quelle déception, l'argent étant aussi faux que le marbre, le cristal et le tableau.

Pas le temps de digérer la mauvaise nouvelle qu'une autre désillusion avait pointé le bout de son nez. La porte s'était ouverte devant lui. En grand ! Pris sur le fait, obligé de se carapater, Gabbin n'avait détaillé ni le propriétaire des lieux ni son manteau prune.

Quelque part entre le vestibule assiégé et la fenêtre de la liberté, son instinct de cambrioleur lui avait toutefois commandé de saisir n'importe quoi au passage, malgré l'urgence. Tiens, par exemple, ce joli carnet posé sur la table !

Pirouetter vers ce carnet, s'en emparer et

repartir à dos de léopard, en tout : trois secondes. Mais pour Oscar, qui avait deux bons yeux et une mémoire en acier trempé, cela avait amplement suffi pour qu'il garde une image très nette de son jeune voleur.

— Sur le moment, j'aurais préféré que tu harponnes mes économies plutôt que ce carnet.

— La prochaine fois, laissez-les bien en évidence sur la table, plaisanta Gabbin.

Puis, avec sérieux :

— Votre carnet, je l'ai. Je vous le rendrai.

Oscar s'illumina. Ses dents, ses yeux, la minuscule goutte au bord des cils, tout cela brilla comme le beau sapin de la chanson.

— Sauf si ce carnet renferme une carte au trésor ! suggéra soudain Birvoul, que cette idée folle mit en joie. Imagine, Gabbin : des instructions pour trouver, je ne sais pas, moi… par exemple une cité d'or ensevelie depuis des siècles ! Et des croquis, des schémas, des indices pour déjouer des pièges mortels…

Et, pivotant vers Oscar :

— J'ai raison ?

En un énorme rire qui roula dans tout l'entrepôt, l'homme réduisit tous ses espoirs à néant.

— Je suis acteur, pas aventurier.

Déçu, Birvoul retourna sans piper à ses triples nœuds.

— Acteur *et* metteur en scène, ajouta Oscar après un silence rêveur. Depuis que j'ai l'âge de lire, donc de rêver debout, donc d'être heureux, j'ambitionne de monter *Peter Pan*, ma pièce préférée. J'ai un milliard d'idées pour en faire quelque chose de…

Grint marqua une pause. Éparpillés sur sa langue, les mots *nouveau, grandiose, splendide, inoubliable* se battaient férocement pour être choisis.

— Hélas, ces idées qui remplissent mon carnet depuis plus de dix ans, voilà qu'elles sautillent sur les toits !

Un gros remords piqua Gabbin au cœur.

— Mais rassure-toi : tu as bien fait ! le consola Oscar.

Gabbin s'en étonna. Birvoul ricana. Oscar poursuivit :

— Au lieu d'étouffer de rage, j'avais la bouche

ronde, les yeux en rondelles de saucisson, et je battais des paupières à chaque seconde… comme quelqu'un qui assiste à un miracle.

— Quel miracle ? demanda Birvoul, hagard.

Mains et chevilles enfin déliées, l'immense Oscar Grint se leva d'un coup. Immense, en effet : presque deux mètres. Ce géant rajusta sa veste froissée, son pantalon en tire-bouchon, son nœud papillon qui volait de travers, et il répondit :

— Celui de voir mon carnet glisser sur des montagnes de tuiles, pardi ! Et bondir entre les cheminées et les étoiles ! Et passer devant la lune si proche qu'elle semblait être l'amie de mon voleur ! Quand j'ai vu ça : l'incroyable spectacle d'un gosse léger comme un oiseau, et qui frôle une lune de la taille du mont Blanc, et qui sautille dans ses rayons d'argent, j'ai été heureux.

— Heureux d'être volé ? ricana Birvoul avant d'ajouter, catégorique : Vous êtes fou.

— Peut-être un peu, admit Oscar, bon joueur, puisque je ne savais plus ce que je venais de voir passer. Était-ce une comète, une gazelle, une

grande voile qui prend tout le vent ? Mais non…
souffla-t-il, paisible, en regardant Gabbin bien en
face. Ce drôle d'oiseau, ce n'était qu'un enfant.

Il en était arrivé à cette conclusion qui expli-
quait tout, et qu'il déguisa en requête :

— Maintenant, tu dois comprendre que je ne
t'ai jamais poursuivi pour te tordre le cou, ni
pour t'embastiller, mais pour te supplier de devenir acteur.

— Acteur ? s'exclama Gabbin du tac au tac,
n'osant pas y croire.

— Eh oui !

— Pour de vrai ?

— Eh oui !

— Allez, dites-le que vous vous moquez de
moi !

— Eh non !

— Les acteurs, ce n'est pourtant pas ce qui
manque.

— Crois-tu ! Ceux que j'ai vus jouent la pièce
façon Shakespeare ou Molière ; ça ne va pas du
tout ! C'est *toi* que je veux. Dès que je pense à
Peter Pan, une boussole dans ma tête tourne son

aiguille vers *ton* image, alors je suis certain de ne pas me tromper.

Pas vraiment convaincu, Gabbin fit une drôle de tête qui disait : « J'ai entendu beaucoup de drôles de choses dans ma vie, mais alors ça… » À l'inverse, Birvoul, heureux pour deux, pour trois, pour dix, applaudit cette excellente nouvelle, sûrement l'occasion de fêter ça entre amis, ce soir ou le lendemain, avec une généreuse tournée de chocolats.

— Pas un aussi léger que toi ! certifia Oscar en soupesant Gabbin d'un tendre regard. Avec ta bouille de lutin, ta vivacité, et ces longues plumes collées à tes chaussures qui te permettent d'effleurer les toits, tu es unique.

Tandis que Birvoul cherchait des yeux ces plumes magiques, il ajouta :

— Quel admirable Peter tu ferais ! Si tu acceptes, ça changera ta vie, et la mienne ressemblera à un long bonheur.

17

JOUER, JOUER !

Deuxième avenue à droite puis tout droit jusqu'à la rue Belle-Bohème.

En grande forme, Gabbin galopait loin devant Birvoul. Nul en course (on l'a déjà dit), celui-ci tira jusqu'au théâtre une langue d'assoiffé.

L'un essoufflé, l'autre pas, ils s'arrêtèrent face au large perron dont les huit marches s'envolaient vers :

— une affiche bleu cendré qui clamait *Prochainement,* Peter Pan, *mise en scène d'Oscar Grint* ;

— une large porte gardée par un majordome en livrée mauve ;

— entre l'affiche et le majordome, Oscar.

Ses yeux, deux pièces d'argent bien astiquées, lancèrent vers les garçons d'heureux petits éclairs.

Côte à côte, ceux-là avancèrent timidement. Gabbin marmonna un « b'j'r » pâteux au major-dome qui venait les saluer. Hors d'haleine, Bir-voul se contenta d'un coucou de la main.

— Notre nouveau Peter, expliqua Oscar. Qu'en pensez-vous, Vigo ?

— Ho ! Ho ! fit le majordome, complice. Assurément, Monsieur a trouvé la perle rare.

Une perle ! Et rare ! Doublement encensé, Gabbin se rengorgea.

En sueur comme il l'était, tout chiffonné de bas en haut, personne ne compara Birvoul à une perle, ce dont il se moquait bien car, selon lui, « les perles sentent le poisson, et moi, le parfum des poissons, je m'en passe volontiers ! ». Gabbin s'occupa donc de le mettre en lumière.

— Voici mon ami Birvoul. Pour jouer la comédie, il vaut pas tripette. Mais c'est un bri-coleur de génie, capable de transformer une vilaine planche à roulettes en super bobsleigh, et c'est mon ami. Soit il intègre la troupe, soit on se dit adieu *maintenant.*

— Entrons! proposa Oscar à ce garçon « dur en affaires », après avoir acquiescé d'un hochement de tête affectueux.

Gabbin trouva ce théâtre bien joli. Propre, lumineux, accueillant Rien à voir avec l'orphelinat. Grand et confortable. Rien à voir avec son palace sous les toits.

— Ça me plaît bien, ici…

Un fleuve de moquette rouge prenant sa source dans le hall d'entrée coulait jusqu'à la salle de spectacle, toute rouge elle aussi : ses fauteuils, ses rideaux et, les soirs de représentation, les joues du public. Au plafond, des lustres compliqués. Aux murs, des miroirs dorés. Quelques fauteuils, plusieurs bougeoirs, beaucoup d'affiches de pièces. Elles parlaient toutes de mystère, de passion, d'enchantement, et promettaient abondance d'émotions.

Un peu perdus, les garçons ne savaient plus où regarder. Leurs yeux se déplaçaient sans cesse, comme des fées ou des libellules dans le vent. Mais ces mêmes yeux parfois se fixaient, éberlués, le temps d'une étrange apparition.

Par exemple, dans un couloir pourpre et or, un pirate lisait tranquillement le journal, bandeau noir sur l'œil et poignard à la hanche.

Plus loin, deux Indiens discutaient avec grand sérieux, des imparfaits du subjonctif plein la bouche, une tasse de thé fumant à la main, une plume d'aigle dans les cheveux et des peintures géométriques sur le visage.

Encore plus loin, un homme grimé en chien, sa gueule de terre-neuve sous le bras, disparut dès que retentit une sonnerie argentine.

– Les répétitions vont reprendre, expliqua Oscar.

Arrivés de nulle part, d'autres pirates, d'autres Indiens suivirent en hâte le faux toutou. Heureux et fascinés par ces habitants d'un autre monde, les garçons se précipitèrent derrière eux.

Oui, il était bien joli, ce théâtre ; mais le plus beau, c'était la scène.

Gabbin ne reconnut pas le « salon du crime »

avec ses fauteuils de velours, son billard, ses tableaux… Tout avait changé. À la place, une charmante chambre d'enfants. Avec trois petits lits défaits, du papier peint rayé blanc et bleu, une fenêtre ouverte sur l'aventure. Derrière cette fenêtre, les toits de Londres fumaient sous un pétillant champ d'étoiles. Dans un ciel mauve, certaines clignotaient plus fort et plus vite que d'autres, impatientes de voir la pièce commencer.

Soudain, une pétarade de coups de bâton annonça le début de la pièce. Quelqu'un souffla les mille et une ampoules du lustre géant, et le terre-neuve réapparut dans cette nuit magique. Il arrangea les lits, tria les jouets, plia les vêtements pour accueillir au mieux le sommeil des enfants. Cette nurse si drôle et si poilue, si inattendue, quelle bonne surprise ! Birvoul se mit à rire, mais à rire ! À s'en décrocher la mâchoire. Gabbin aussi. Contaminé, Oscar les imita. Recouvrant son calme, il demanda :

— As-tu apporté mon précieux carnet ?

— Le voici ! chantonna Gabbin en le sortant d'une poche…

… pour l'y remettre aussitôt. Oscar n'eut guère le temps de s'étonner.

Joyeux et cabotin, Gabbin lui adressa un clin d'œil qui signifiait mot pour mot :

— Si vous le voulez, faudra d'abord me rattraper !

Et hop ! d'une pirouette il gagna la scène. Il croisa des pirates sales, des Indiens propres, la jolie Lili la tigresse, le moins joli Mouche, un drôle de grand garçon en pyjama, lunettes rondes et chapeau noir, enfin un monsieur fort sombre au bout d'un crochet. Birvoul battait des mains, et Gabbin battit un record de vitesse : Clochette, qui tourbillonnait dans son dos, ne réussit pas à le rattraper.

Deux bonds plus tard, il sautait d'un lit à l'autre tel un enfant fou de joie. Et tandis qu'il s'envolait au-dessus des lits, et devant l'assistance amusée, il sentit monter en lui une passion dévorante.